海棠春深

HAITANG CHUN SHEN

张步根 ◎著

时代出版传媒股份有限公司
安徽文艺出版社

图书在版编目（CIP）数据

海棠春深/张步根著.—合肥：安徽文艺出版社，2025.1
ISBN 978-7-5396-7983-9

Ⅰ.①海… Ⅱ.①张… Ⅲ.①散文集－中国－当代 Ⅳ.①I267

中国国家版本馆CIP数据核字(2024)第026096号

出版人：姚　巍
责任编辑：周　丽　　　　　　　　装帧设计：徐　睿

出版发行：安徽文艺出版社　www.awpub.com
地　　址：合肥市翡翠路1118号　邮政编码：230071
营销部：(0551)63533889
印　　制：安徽省瑞隆印务有限公司　(0551)62673012

开本：880×1230　1/32　印张：9.125　字数：150千字
版次：2025年1月第1版
印次：2025年1月第1次印刷
定价：58.00元

(如发现印装质量问题，影响阅读，请与出版社联系调换)

版权所有，侵权必究

目录

序　品"格致的味道"　　　洪放　1

一辑　闲情

家乡有条三水涧　　　　　　3
田野处处动秋声　　　　　　8
童年是故乡　　　　　　　14
哦，这清明的雨啊　　　　24
菊色烂漫　　　　　　　　32
大茶山的秋天　　　　　　38
迎面吹来田野的风　　　　52
海棠一枝春已深　　　　　59
蝴蝶如兰　　　　　　　　64

夏雨滂沱　　　　　　69

品味草香　　　　　　75

月色撩人　　　　　　80

雪中的暖意　　　　　87

琴声如霰　　　　　　94

天上的银河有多深　　99

二辑　行走

雄浑之美　　　　　　105

行走在红色的故乡　　112

遥远的苗乡　　　　　122

我们一起去遵义　　　128

朝圣的脚步　　　　　136

夜登泰山 143

回母校 147

寻访林散之故里 150

巍巍西梁山 156

菖蒲花开 163

地铁上 170

吃席 176

永远的小油灯 184

漫画勾勒生活 191

三辑 灯下

浅显中的深意 201

格致的味道 206

褪去混沌	210
喜看桑榆霞满天	216
典型宣传范与式	220
宣讲的成色之美	226
当传统遇到现代	232
良乡无处不熏风	237
包公精神留芳香	242
文化的生态含量	249
修德和养才	252
把文化种进乡土里	260
让方法论走进生活	265
后记　风景不会老去	273

序

品"格致的味道"

洪 放

龙年春节前,大雪。山舞银蛇,原驰蜡象。天地有一种宏穆之气。此时读"格致的味道",正好!

"格致的味道",是篇散文。但我更愿意将他读作一个人,一个散文家,一个从长江边上那个叫无为的地方走出来的、一生在心里珍藏着文字的张步根。

张步根,这个名字别有意味。步是远行,根则是坚守。

远行与坚守的统一,成就了这个人,成就了他的文字,也成就了我正在读的《海棠春深》。

我一边读,一边就回想起七年前,我从桐城来到合肥。飞如飘蓬,总得寻找地方落下。于是便有了合肥的一众朋友。当然以文学上的朋友居多。张步根便是其一。我们见面并不多。似乎我们都是不太善于交际的人,更愿意在文字中透露自己,倾诉,或者沉默。但文字毕竟是有力量的,且文字如同手掌。读着,读着,便是击掌了。于是,当他将这本散文集的电子版发我,请我作序时,我无法推辞,且很乐意。给一个同道中人写序,已经不仅仅是写序了,而是再读一遍同道,再与他凭着文字对谈。

这一读一谈,"格致的味道"就出来了。

"格致的味道",既是这本集子中的一篇散文的名字,更是张步根在微信上的名字。他似乎是对"张步根"三个字的诠释。用他原文中的话,他对"格致的味道",从六个方面作了阐述:风格、品格、人格、细致、精致、极致。这六个方面都是大气象,都是对"格物致知"的高层次的学习与实践。《海棠春深》也即是他学习与实践的结果——他愿意将它呈现给读者,这至少说明了他的高度与开放。一个人的文字,再怎么藏,还是能看见本来的面目的。那么,他的面目是怎样的呢?

我不是画家。所以,还是得回到他的文字上。这一本分成三个小辑的散文集,体例上的规矩感,或许是读者打开它后就能感觉到的。《闲情》《行走》《灯下》,四十多篇文章,显然经过了严格的挑选。文章们一站出来,就整整齐齐,又各现风采。仿佛庄稼地里生出的青菜,一垄垄的,有的是小白菜,有的是莴苣,有的是萝卜,有的是豆子……如果用更高一点的比拟,那便是站在高岗上的那些树,有的是笔直的杉树,有的是虬曲的榆树,有的是繁茂的樟树,有的是如同旗帜般的青桐树……这也一如他的家乡无为。丘陵地貌最容易让人心深密,所对照的文字,往往就更加朴素,更加抒情,更加雄浑,更加耐人品味。

《田野处处动秋声》,我很喜欢。写秋声,古有欧阳子。但那是萧瑟秋声。张步根的秋声,是充满光与歌唱的秋声。

"秋雨潇潇,秋叶染丹。似乎今年秋风刚起,秋意就已经如此深沉,远乡近岭都翻动着无尽的秋声。"先声夺人,文章的感觉呼之欲出。这是抒情之声,而且,他的这一类作品,大都是在写故乡无为的山川风物。唯其爱得深,文字便发热,发光,发出歌声。他说:"远处传来夜莺的歌唱,秋夜合着秋声一起,进入了沉沉的梦乡。"梦乡之中,山长水远;秋声一曲,正抚慰了游子之心。

而同样写故乡的《大茶山的秋天》,则是一篇以叙事性进入散文的佳构。适度的叙事,是对抒情的最好的顿挫。《菊色烂漫》,写家乡三水涧的菊花,他甚至要将菊花,工笔般地画下来,他写道:

仔细欣赏眼前的菊花,鹅黄的明艳如天上的云霓,深红的热烈像燃烧的火焰,浅紫的娇羞似美人的笑靥,粉白的莹灿同满天的星斗。那些盛开的菊花,硕大的如同盏盏金钟,伸展开来的花蕊,柔曼如少女的腰身,而蜷曲的花首,又恰似在掩面娇羞。那些小巧的花儿,即便只是状若人的指甲盖,开放的势头也毫不逊色,花枝间闪耀出的光芒,让周围都陡然明亮起来。更多的花朵只有银勺一般大小,每一株旁斜横逸的枝干上,都挤满了几十朵甚至上百朵菊花。一簇簇、一丛丛,奔放飘逸,让人不得不感叹它生命的惊人力量。艳阳辉映下的菊园,数不清的菊花开得像一团团燃烧的火焰,给深秋的田野带来了融融的暖意。

　　这是要多么细致,才能将菊花写得这么精致,甚至极致。在写菊花,写海棠,写其他物事之时,张步根时时不忘物我观照。他写的虽然是大千世界中的菊花、海棠,但更是他内心世界里的菊花、海棠。文中万物,既是自然之物,更是心中之物。笔下之情,既是自然之情,更是心中之情。情物交融,不需要高烛,便能相互照见,彼此温暖,并成全。

远行注定是张步根这一生的事业之一。他的《雄浑之美》写三秦大地,苍茫沉着,文字开阔;而夜登泰山,"念历史之苍远,生命之渺小,神山之诡秘,人文之厚重"。而我最喜欢的还是他的结尾:"一山一石,一草一木,流连不舍,盘桓再三。夕阳西下,意犹未尽,不舍而返。"有明清小品之特色,淡极,而情感愈丰。

一个远行的人,必然会更加注重回望。读《海棠春深》,既随着张步根远行,也跟着他回到故乡。一个人的一生,说到底也就在他乡与故乡之间。他的《哦,这清明的雨啊》:

"梦里常常见到爸爸,或者是在老屋的客厅里,或者是在门口的小径上,或者是和我面对面坐着,静静地,一言不发,像是一座雕像,一座沉重的冰凉的雕像,触摸不到,温暖不到,近在咫尺却又山高水远。爸爸走后的第一个清明,我请人为他立了一座墓碑,墓碑上有我泣血撰写的四言长诗,以怀念他永远的舐犊深情。我想,更长久的思念应该还是在我们的内心更深处吧。"

读到这里,我停了又停。世上人情,最深挚之处,也无非如此吧!

《海棠春深》值得一读再读。其宏穆,其幽深,其朴素,其真诚,其开放,其大气,其曲折,恰应了"格物致知"的要义。那便是"一草一木,皆含至理"。同样,他的"一字一文,皆能动人"。

是为序。

2024年2月8日,农历龙年春节前二日天鹅湖畔

(洪放,桐城人,现居合肥。中国作协会员,安徽省作协副主席,合肥市作协主席。)

一辑　闲情

家乡有条三水涧

离别家乡快三十年了,有关儿时记忆的相片,经时间这双大手的摩挲,大部分已经变得模糊不清。并不常常回故乡,偶尔的停驻,搜寻这张已显得陌生的家乡面孔,依稀分辨出三两分旧时的模样来。三水涧,这条记忆中的三水涧却依然奔流清亮。

家乡有条三水涧。这条流淌在革命老区无为市红庙镇的山中涧水,很长时间都让人不太清楚,它怎么会有这样的一个名字?这条曾经盛满了我们童年和少年无数欢欣与甜蜜的清流,它发源于巢湖南岸群山里的仙人洞泉水。带着灵气的山泉,吮吸着日月光华,行行复行行,来到家乡的团山前,如少女含春,身腰婀娜地深情拥吻着白棠湖、响山水库、牌楼水库的三支湍流,蜿蜒在家乡田园里。三水涧,原来是这样一个诗意的名字!

春深五月,春风唤醒了涧水两岸,丛丛新绿,浓翠中透出蓬勃的生机。我们几个儿时的伙伴,徜徉在这片被涧水一遍又一遍润泽过的土地上,一草一木都是那么温润,感动着我们。这是一片厚重的土地,翻开历史,早在东晋孝武帝司马曜太元中,这里已是侨置扶阳县治所在地,历经南朝宋、齐两代,至梁代废治,唐武德三年(620)复设。作为一个重镇,家乡近百年历史被《旧唐书》等典籍记载于世,当初的盛世繁华给人留下了怎样的想象空间啊!涧水淙淙,转眼千年,历史又一次把目光聚焦在这片土地上。20世纪40年代,从"皖南事变"血泊中诞生的新四军七师扎根于三水涧，先烈们披肝沥胆，抛头颅洒热血，创建了皖江抗日根据地，红色根据地从无到有，从小到大，东抵江浦，西达彭泽，北临合肥，南及宣城，泱泱三万里。七师儿女由草创时的区区两千人马壮大到三万雄兵，皖江区党委更是下辖三个地委、二十三个县委和工委，皖江行政公署下辖三个专员公署、十四个县级抗日民主政权，涧水两岸一时成了红色政权的中心。"当年鏖战急，弹洞前村壁。装点此关山，今朝更好看。"徘徊在曾经被血与火洗礼过的战场，耳畔犹闻战马萧萧，眼前疑见烽火明灭，那种拼将此身许国死，一寸山河一寸血的壮志豪情就会冲天而起。七十年硝烟散尽，如今生于斯长于斯的乡亲们，壮志不灭，担当起建设家乡振兴家乡的神圣使命。这些年来家乡的变化是巨大的，一排排漂亮农舍，一条条通衢大道，一处又一处功能完善的生产生活设施，一个又一个各具特色的示范农场，无不向人们展示生活的富足与美好。物质上富裕了，乡亲们又有了新的追求，他们念叨着"乡愁"，怀念起"看得见山，望得见水"的日子，于是搞起了观光农业，办起了生态旅游，涧水两岸又一次人头攒动，欢腾起来。革命老区俯拾皆是的遗迹遗物，七师司令部旧址、烈士陵园、纪念馆成了红色旅游的地标，古"扶阳"成为民俗文化园的亮丽品牌，投入巨资建起的白棠湖度假区，湖水澄碧，桨声欸乃，朝露晚霞，令人流连。先烈们曾经战斗过的远山近岭，种上了品种繁多的苗木花卉，成了名副其实的生态氧吧。春天，玉兰开成了海洋，桃花染红了天边，樱花、紫荆、紫薇、海棠、杜鹃、牡丹次第竞放，数万亩的园区就是花的舞台、花的盛宴，花香引来蝶飞舞，百鸟欢歌游人醉，好一幅天上人间的绝美图画！园区还将开建季节性景观区，到那时候，四季有花有景有逸趣将不再是梦想。涧边村落更是休闲的好去处，缓步村中，但见流水潺潺，鸡鸣狗吠，粉墙黛瓦，绿树如茵，恍如江南水乡的恬淡灵动、安静安然。沿着涧水修筑的游步道平直美观，亭台楼阁，点缀道旁，趣味横生。粉墙上的各色涂鸦，粗朴的线条，勾勒出一幅幅恬淡的田园景象，令人赏心悦目。涧边人家十分好客，他们与客人热络了，还会热情地为客人沏上一壶酽酽的茶请你品尝，一嗅一啜间，让人齿颊留香，神清气爽。情到浓处，他们还会弄出一桌地道的家乡菜，邀你举杯共饮。酒酣耳热之际，那些熟悉的秧歌调，粗俚戏谑的门歌，还有叫不上名字的小曲儿就会从他们的口中唱出，歌声或高亢，或低昂，或长腔，或短咏，让你在不自觉间身心融入……

三水涧，难以忘怀的故乡！无论你离开多久，总有一种情调让你牵肠挂肚，不忍抛舍；无论你距离多远，总有一些音韵让你同声相应，同气相求，一如这身边涧水细密而绵长。有人说西流水是幸福水，而三水涧就是一条由东往西流淌的水，它见证了家乡的繁荣和兴旺，愿这条象征着幸福的长长涧水千年万年不息奔流！

田野处处动秋声

秋雨潇潇，秋叶染丹。似乎今年秋风刚起，秋意就已经如此深沉。

秋日的晨曦，明丽而疏朗，像一把把梭子，在大地上面游走，毫芒所到之处，有了流金淌银的景致。山色空蒙，山峦烟云轻裹，薄雾在高大的绿树翠柏间穿行，葱茏的野草野花葛藤灌木，肆意挥洒着深红浅绿。野葡萄、棠梨、柿树，它们乌沉沉、绿莹莹、红彤彤的果实，辉映着满田满畈黄澄澄的稻子、玉米、大豆，田野变成五彩的世界，空气中到处弥散着沁人心脾的硕果成熟的甜香。几朵轻纱般的游云，悠闲地飘荡在湛蓝的天幕中。还没来得及下山的月亮，像个清丽的女子，倚靠在枫树枝丫上，熹微的曙光虽然敛去它莹灿的光华，但那楚楚的风韵却越发娇羞动人。南归的雁群，一队队掠过天际，悦耳的鸣叫声，给秋色添上了深沉的韵脚。叮叮咚咚的溪水顺着山脚，曲曲弯弯向前流去，在转角处消失在一片深潭里。潭面波澜不惊，潭水清澈见底，天光云影徘徊潭中，宛若一块灵动的翡翠。冷不丁有鱼和小虾溜出水面，水面即刻荡漾开一圈圈细密的波纹。蜻蜓和蝴蝶追逐着这些影子，一边盘旋起伏，一边腾挪点击，逗引得枯荷上的青蛙呆呆地张大了嘴巴。这时候一只鹞鹰从远处飞来，它强健有力的翅膀划过潭面，只是一瞬间就叼起了一条鱼儿，把它翱翔的身影遗落在潭水中央。远处传来野鸡招引伙伴高亢响亮的哦——哦声，鹧鸪悠远清脆的咕咕——叮叮声，近处草丛中是蟋蟀一声长似一声的嘶鸣，夹杂着寒蝉的三两声幽怨。灰白色的野兔或静静打坐，或如箭矢一般嗖地没进草丛。秋日的山野处处流淌着、喧嚣着、回响着万物生命的潮声，这动地的秋声犹如天籁一般，演绎着经久不绝的美好与安宁。

秋天的丰盈成熟，不仅仅给动物们提供了丰富的食物来源，更是给人类带来了五谷丰稔的巨大馈赠。秋天的成熟味道尤其激发了孩子们的热情和兴趣，他们开始施展"上山拾珍，下河捞鱼"的拿手好戏。

秋夜清光下的乡野是一幅朦胧的图画。山峦树木把它们剪影似的棱角，镶嵌在这幅画中。水面好似一个空灵的舞台，水剑草和杨柳枝条，随风摇曳，清幽的光影在水波上曼舞。一会儿有了撩水的声音，那是孩子们下塘摸鱼了，随着水中的手臂扬起，一条条鱼儿银线般划过月光，岸上即刻响起了欢呼声。另外一些孩子或者拿着电筒，或者提着灯笼，跑向田野深处。这些新翻过的水稻田里，刚刚灌满了水，一笼一笼的犁沟深处，是黄鳝、泥鳅、鲫鱼和青虾的藏身地，遇见灯光它们一动也不动，只要拿起网兜轻轻一抄，白花花的鱼虾就翻滚着进了网兜中，运气好的话还会在田埂脚下抓到老鳖和螃蟹。不消一个时辰，就会收获满满。

秋天也是菌菇的天下。树丛中和草窠里生长着种类繁多的茶树菇、香菇、珍珠菇、黑木耳和白蘑菇，偶尔还能见到珍贵的牛肝菌、杏鲍菇和野灵芝。雨后的早晨，孩子们三五结伴，背着箩筐，带着铲子，急吼吼地来到山里。一路寻找那些倒伏枯萎的树木、荒草厚实的旮旯、牛羊们拉过粪便的地方，这是菌菇们最爱安家的处所，往往一处就能收获一大筐鲜美的食物。洗净晾干，既是打牙祭的佳肴珍馐，又能为家庭挣得一份可观的收入。

没有月色的夜晚，孩子们就会聚集在打谷场上，一边是高高的谷仓，一边是雪亮的灯火，大家都去帮助爸爸和妈妈摘花生、剥豆子、搓玉米。有时也会搞一场劳动比赛，当身边金黄的果实集成了偌大的一堆，他们就会相互比量。分量多的赢家，会迅速跑向场边燃起一堆篝火，再把豆子、玉米、稻谷抛进去，噼噼啪啪一阵响后就炸成了爆米花。一股股浓香飘散开来，孩子们蜂拥而至，从火中抢出食物，顾不得吹去上面的烟灰，快活地吃起来，一会儿都变成了一群大花脸。劳动的间隙，他们会去央求爷爷奶奶或是叔叔阿姨讲故事，英雄们呼风唤雨，鬼怪们兴风作浪的情节，常常成为模仿的场景，往往互相摆下战阵，斗智斗勇起来。秋日的禾场上处处荡漾着汗水的芬芳，洋溢着丰收的喜悦。

　　月明星稀，银河转动，夜空里的点点繁星，常常让孩子们无限神往。当他们细数着太白星、天狼星、牵牛星、白虎星、织女星、北斗星这些星星的名字时，那些神话故事中的情节就会在眼前浮动，觉得天上的星星和人一样也有灵性，它们有长者，有孩子，有动物，各自被差遣做不同的事情。那些流星一定是天官提着灯笼在赶路，启明星掌管着白天和黑夜，北斗星则挥舞着权杖，指引着人们行走的方向。连温情脉脉的牛郎星和织女星，也在鹊桥相约呢！孩子们不自觉地对视一眼，觉得这人间的日子也和天上的神仙差不多呀，他们欢快地轻轻拥抱在一起，青春的笑容瞬间闪亮了这辽阔的秋夜。

远处传来夜莺的歌唱，秋夜和着秋声一起进入了沉沉的梦乡！

童年是故乡

每个人的童年生活可能都不太一样,但有关童年的记忆同样都非常珍贵。

我的童年和少年时代是在乡下度过的,那是一段丰盈甜蜜的故乡岁月,如同一幅耐看的长轴图画珍藏在心里。霏霏春雨,门前的池塘涨满了春水,小河在静静地流淌,牛背上的牧童,一袭蓑衣斗笠,一声声柳笛吹破了江南的烟雨朦胧。荷花飘香的时候,四野是鸟的聒噪,一群群雪白的鹅鸭在水面上嬉戏,它们的小主人,头戴荷叶帽在河边穿梭忙碌,路旁的一条条柳编绳上,系着他抓来的亮闪闪的鱼和大虾。秋日村前的院场里，梨树、苹果树上挂满了果子，甘蔗透着甜香，熟透了的香瓜上结了一层薄霜，遍地都是野葡萄、野山楂和野草莓，淘气的孩子们一个个吃得肚尖溜圆，掏鸟窝、逮蚂蚱、斗蛐蛐，上演着十八般神通。寒风乍起，皑皑的白雪覆盖大地，麻雀神气地在上面走着倒八字步，小河冻成了一块翡翠，一排排冰凌从门前垂挂下来。忽然呼哨一声，就见一大群少年从雪地上飞过，从冰面上飘过，挥舞着长长的冰凌在雪地里来回冲杀，那副模样真的是豪气干云，让人陡生胆气。童年的故乡像一艘小船，载着我们在无忧的岁月河流里，尽情欢快地荡漾着，溅起的每一朵涟漪都是最柔软的心花在慢慢开放。

当我们背上书包，走进肃静的学堂时，腿上的泥土还没有洗净，满脑瓜的好奇像野地里的蒿草一样疯长。书本描绘了一个斑斓世界，知识引导着我们看到了诗和远方，从此开启了思考憧憬的人生。在我的记忆里,童年的那一趟县城之旅,怕是最初的人生探寻了。

20世纪70年代末,我面临小学毕业。记得是国庆节前夕,有同学提出了个新奇的主意,提议结伴去县城过国庆节,这个主意很快得到了热烈的响应。大家兴奋得手舞足蹈,像要去赶拍什么大戏一般,一个个早早就做了准备,关系亲密的更是头天晚上就住到了一起。伙伴们七嘴八舌,把能想到的事儿全都做足了。大毛带上了糖炒蚕豆,小伟装了一桶水煮花生,狗剩把稀罕的芝麻糖全拿来了,仔仔则拎了一布袋烤地瓜干,还有凑起来的五花八门的吃的玩的,东西虽说平常,却都是大伙儿喜欢的。光顾了准备吃的玩的,穿的就实在马虎了,仔细一看,有长衣罩着短裤的,有背心配着裤衩的,有趿拉着胶鞋帮子的,还有干脆光着脚丫子,把布鞋别在裤腰带上的,家家都穷,谁都不太在意穿的怎么样。大家床上地下乱滚在一起,兴奋与激动赶跑了疲倦,感觉不到半点睡意，叽叽喳喳议论着天明后的行程，勾画着破天荒的神奇之旅。

月儿才刚刚西斜，乡村的秋夜仍然沉浸在睡梦之中。秋光熹微的凌晨，露华打湿了收割后的田塍和路边的花草树木，月光下的原野透着神秘和朦胧的氛围，野地里和草尖上的露珠闪着暗沉的光芒，爽人的清风送来阵阵菊花、月季和桂花特有的浓香，远处早起的山鸟已经开始鸣唱，草虫和青蛙的声音越来越稀疏，大地就要苏醒了。虽然时间还早，但谁也不愿意耽搁了，仿佛收到无声的命令，大家鱼贯出门，开始了披星戴月的跋涉。起先是簇拥着奔跑，继而是追逐着赶超，再后来就是一个赛着一个地冲刺。我们几个索性光着脚板飞奔起来，像一群脱了缰绳的烈马。乡下的孩子不能说不皮实，即使道路蜿蜒崎岖不平，荆棘石头扎痛脚底，不时有人跌进路边沟水中，也没有一个人喊苦叫累，更没有谁畏惧退缩，大家默默地奔跑，向县城进发，几十里的山路，没用一个时辰就赶完了。县城遥遥在望，人人欣喜若狂。没想到县城外面是一条并不宽阔的麻石道路，大家猝不及防赤足走上去，一个个硌得龇牙咧嘴的，短短的一段距离却让我们费了很长一段时间。等到挨进城门，踏上平坦的水泥大街，一路的紧张劳累才有了放松的机会。

黎明之前的夜色是黑沉的。昏黄的路灯下，大家你瞅瞅我，我瞅瞅你，个个都是汗水夹着泥水，还有几个跛了脚的、扯破了衣服的、胳膊和膝盖上有伤的，不禁都为这副狼狈相笑弯了腰。很快大家又为城市的新奇所深深吸引。晨光熹微下的大街行人稀少，显得空空荡荡，两旁的法国梧桐如同一把把绿伞，遮盖在头顶之上，三两栋小楼显眼地点缀在座座民居间，鳞次栉比地沿街排开。百货大楼和县城大饭店，像庞然大物矗立在十字路口，这是我们见过的最宏大的建筑物了。邮局门前的信箱，造型十分奇特，让人百看不厌。还有一幢别致的茶楼，古色古香，雕梁画栋，上面的文字我们谁也认不出来。拐弯处的学校大门，那门楼上通体殷红的斗拱，如同层层叠叠的木塔，我只在古画中见过。一条小河从城中穿过，清浅的水流泛起簇簇细碎的浪花，腾起的薄雾如同轻纱缭绕开来，鱼虾在清澈的水下穿梭，留下了一串串好看的小气泡。杨柳和桑树把河两岸笼罩得绿荫森森，远处依稀是农家的白墙青瓦房，从那里传来了公鸡一声接一声的打鸣声音。街旁的早市还没有开张，铺面门板上的序字硕大撩人。几位工人拖着铁皮板车正清扫垃圾，隐隐传来"收粪喽，收粪喽，谁家有粪卖呀"的吆喝，那个年代的人畜粪便都是农家的当家宝贝哟。街角的几个挑夫正睡在茅草担子上，旁边码着一捆捆柳编的箩筐笤帚，一对看起来是父子的农民，正坐在路边打盹，一人面前摆了一大担白生生的大米，这些怕都是预备着天明了去售卖的吧。目睹平常熟悉的场景，大家心里漾满了温暖和亲切的感情，这些也都是父母们的寻常日子啊！这样想着的时候，瞌睡也不知不觉地爬上来，大家倚靠着茅草堆沉沉睡去。

仿佛过了很长时间，忽然传来很大的响声。原来天已大亮，炽热的阳光下面是沸腾的市声，如同潮水一般激荡开来。店铺都敞开了大门，酒、肉、菜和米面，还有各种各样我们见过的和没见过的吃的用的玩的货物，都在热烈地交易着。那些打扮时髦的城里姑娘媳妇，跟衣色杂沓、皮肤黝黑的乡下人讨价还价。小贩们高一声低一声地吆喝着廉价的商品。赤膊着上身的老头拍着胸脯，摇唇鼓舌夸耀一大堆草药的神奇妙用。戴着瓜皮小帽、半个脸蛋都被墨镜遮住、像个算命先生的中年人满世界推销胸前木箱里的各色墨镜。还有那些脸色和头发一样枯槁的大爷大婶，或背着或提着，或挑着或抬着，看架势把一年辛劳换来的果实都搬到了市场上，指望着换成钱去造房子、娶媳妇、贴补家用。在人潮中，我们从街头被挤到了街尾，一路上流淌的都是车水马龙的热闹场景，像一个万花筒在眼前变幻着新奇的景致，给人亢奋的情绪。太阳西斜了，市声终于消停了一些，这时候我们才感到了饥饿，大家凑到偏僻的河边，就着河水风卷残云般吃掉早晨准备的干粮，这也是我们这些半大小伙子一天的正餐。说起来真脸红，就在路口有一家包子店，路过时那香喷喷的味道真叫人口水流了一地，可惜我们没有一个人兜里有钱，只能选择万分不舍地躲开，事到如今都是一个伤心的回忆。

这是我童年时代唯一的城市记忆，现在回想起那段经历来依然令人怦然心动，如果说它给我留下了什么印象的话，我总感到县城的那个黎明最使人不能忘怀，它是那么平和端庄，那么朴实静美，那样充填着人间的活色生香，饱含着浓得化不开的纯真美好。

经过十年寒窗苦读，在父母期待的眼光里，我考上了心仪的大学，毕业后进了机关，自然也就成为城市的一员。不知是现代城市遮蔽了生活本来的模样，还是与生俱来对泥土的牵挂，无论是上大学期间还是最初工作的那几年，我的习惯和思维还常常停驻在生我养我的乡村。城市高楼中四角的天空，不太宽敞的居所，不算清新的空气，星光暗淡的天空，使我莫名地感到隔膜和陌生。梦里经常回到故乡，那如油画般翻动的四季原野、奔腾喧嚣的河流、苍翠欲滴的群山、涌动着充沛生命力的田园，还有那些憨厚纯朴的伙伴、勤劳善良的父老乡亲，总是那么生动、那么温情地回到了我的身边，带给我久久的幸福和无限的慰藉！

虽然有时候，时间也悄悄改变了我们，让我们在城市的一隅，偏安于那些庸常的日子，似乎习惯了躯壳在狂奔，而灵魂仍在艰难跋涉地生活。但在难得的闲暇时光里，抑或静心独处时，那种潜藏的对故土的思念又像山花般怒放开来。当这份"乡愁"弥漫萦绕，成为大多数人共同的精神顾盼时，我们有什么理由不给灵魂寻找一个安栖的港湾？再看这满街的霓虹闪烁、光怪陆影，楼台舞榭、轻歌曼舞，决然不是生活的全部内涵和终极追求！

常常有这样的念头，如果哪一天，我童年的乡村也建设成了一座美丽的城市，她阳光下美丽的模样，一定是心中的形象：不会有臃肿的体格和奢靡的妆容、虚幻的浮华和彻夜的喧嚣，她宛若天成，磊落大方，山环水绕，鸟语花香，人们比邻而居温馨有礼，勤劳善良丰足有余。春风不老，夏日晴和，秋光静美，冬雪瑞祥，她是让人魂牵梦绕不能忘怀的童年故乡！

哦，这清明的雨啊

仿佛要把一个季节的雨都下下来似的。就这样扯天扯地，急如星火。就这样没日没夜，噼噼啪啪。就这样不紧不慢，没完没了。这清明的雨啊，像一把愁思，看不到尽头。一个人枯坐车中，盯着雨刮器，极速地来回奔走，宛若车中人那一颗焦躁牵挂的心，心的这头是游子长长的思念，心的那头是早已沉沉睡去的爸爸。

选择在清明这天回去看爸爸，已是二十多年前开始的事了。1994年9月份，大概还有几天就要过中秋节了，爸爸最后一次来我这里，送来了一担沉甸甸的大米。因为女儿刚刚上小学,夫人和我工作又忙,妈妈在我这里照顾孙女儿,家里只有爸爸一人。既要操持自己的吃喝,又要耕种十多亩田地,爸爸十分劳累。记得我那天下班到家时已经快12点了,爸爸坐在客厅的沙发上,黑瘦黑瘦,头发没剪,胡子拉碴。抽烟的时候我看到他手上胳膊上青筋爆出,显得十分苍老疲惫。因为事先没什么准备,家里只有两样蔬菜和我下班路上临时买的两条小鱼。快吃中饭的时候,爸爸的右手指忽然抽筋,很长时间都捋不顺畅,最后在我的帮助下才勉强拽直。当时真是太缺少常识了,殊不知这就是严重的心脑血管病暴发的前兆。饭桌上我们聊了一些家里的事,爸爸很沉重地说,他身体不行了,很多事情都干不了了。眼看要收割晚稻了,找不到人手,想要妈妈回家帮忙,话语中透出很多的无力和无奈。听完爸爸的话我感到十分难受,妈妈不在身边的这些日子,爸爸真的老了累了。我感到很为难,一边是老去的爸爸，一边是我爱人第二天就要到省城去参加几个月的业务培训，我还要到省里参加一个会议，孩子刚刚上学，没人照顾怎么行呢？为难之中我和爸爸商量，让他回去请人帮忙收割稻子，工钱我们来付。爸爸权衡再三，答应了我的要求。殊不知我这个愚蠢的决定终究铸成了大错。那天的午饭我吃得很快，爸爸喝了一点酒，是平时难得喝到的口子窖，半瓶酒就着那点小菜，爸爸慢悠悠地品尝了很长时间。

饭后，爸爸说家里事多要回去，一副急惶惶的样子，我也没再挽留，现在想来真是懊悔终生。人生不能假设，如果让他小住几天，稍微调整休息，或者去医院检查一下，也许不至于那么快……这都是后话了！临走的时候，我给爸爸几百元钱、一桶白酒和一条香烟，预备他回去请帮工时的花费。我们一同出的家门，我送孩子，他回老家，在院子门口我们分别了。直到今天我还在奇怪，刚走出小院十几米回头去看爸爸，他已经不见了踪影，似乎瞬间就从我眼前消失了。我永远记得分别的那一幕，爸爸消瘦的身影，一手扶着肩上的扁担，一手拽着背后扁担上的绳子，匆忙地消失在院外的小道尽头。

回去不到一周，爸爸猝死，那是农历八月十九，过完中秋的第四天。事后听邻居们讲，那天早上爸爸起得特别早，掏过了灶膛里的锅灰，煮好了早饭，去了趟厕所，回到家里或许感到头晕就趴到了桌子上，等被人发现时他已经浑身抽搐，不省人事了。等到乡村医生进门时，爸爸已经病重不治。我们得到消息从省城赶回，见到的已是冰凉的沉睡的爸爸。

爸爸一生只活了短短 58 年，身体一直看似非常健康，他有太多的理由、太多的资本可以更久地活下去，却天不假寿，不幸早逝了。呜呼哀哉，握着爸爸的手，我悲从中来，号啕大哭，看着爸爸就这么孤孤单单地离去，那一种痛彻心扉的痛，是任谁也难以体会的！入殓的时候，我很奇怪爸爸的头发怎么梳理得那么清爽，苍白杂乱的胡须也没有了，别人告诉我，头天晚上他特意去理发的，还在邻居家收听了天气预报，预备安排好第二天的农事。一切都看似正常，一切却来得这样突然，让我们所有人都毫无防备，难道这真是冥冥中的安排，故意让我们后悔一辈子，痛苦一辈子吗?！最痛苦的是妈妈，送别爸爸的时候，妈妈哭瘫在坟前，我抱着妈妈感到她已经柔弱得身轻如鸿毛了。

爸爸是1959年入党的老党员、老乡村干部。在他身上能够看到一名老共产党员的质朴和坚定。

爸爸做了几十年的"鸡毛官"，一直兢兢业业，任劳任怨，他的安贫乐道和乐善好施为他在乡邻间赢得了很好的声誉。家里常常是宾客满座，客人中有同事有领导，也有亲朋故旧，记得家里仅有的一点好饭好菜都被用来招待客人了。素有一副好厨艺的妈妈从无怨言，忙前忙后，是一个难得的"贤内助"。没有客人的日子里,一家人的生活过得十分清苦,常常是咸菜萝卜汤下饭。虽然日子不太宽裕,但爸爸对孩子们的教育从不吝啬,弟弟妹妹们都接受了程度不同的教育,这在当时的农村家庭,需要相当开明的家长才能做得到。我第一次参加高考遇到了些挫折,病倒了,记得爸爸那天扛着耕耙,准备下田的样子,站在门口对我大喊:再去读一年。农家孩子多读一年高中,所需的费用对一个六口之家是多么不易啊,当时的很多家庭都是因为这个原因,让很多怀抱志向的学子辍学回家种田。感谢爸爸的毫不犹豫,更感谢爸爸这种无私的大爱!工作这么多年了每每想起当时的那一幕,心里总涌起无限的温暖和刻骨铭心的感动。送我上大学的那一天,爸爸一头挑着一只装满生活用品的箱子,一头挑着一床棉被,和我一起赶客车挤轮渡走大街,或许是为儿子自豪和高兴,一路上他脸上绽开的都是笑容和幸福,看不到丝毫的辛劳。之后我工作成家生孩子，爸爸竭尽所能呵护着我们这个家，儿行千里衣食冷暖永远牵挂于怀。那时我们的条件也不是很好，很难帮到爸爸什么忙，但爸爸从来没有要求我们做什么，我很感到惭愧。一直到数年后为了弟弟妹妹们能顺利地成家立业，爸爸终于下决心重修住房，我才有了报答的机会，帮家里买了建房用的水泥和钢材。我们尽了一点孝心，爸爸却感到长久的不安，跟我爱人说过多次等条件好了还我们的钱。如今爸爸离去了，这一桩桩一件件的小事，总萦绕在我心头，挥之不去，时间越长记忆越清晰，就好像是发生在眼前一样。

梦里常常见到爸爸，或者是在老屋的客厅里，或者是在门口的小径上，或者是和我面对面坐着，静静的，一言不发，像是一座雕像，一座沉重的冰凉的雕像，触摸不到，温暖不到，近在咫尺却又山高水远。爸爸走后的第一个清明，我请人为他立了一座墓碑，墓碑上有我泣血撰写的四言长诗,以怀念他永远的舐犊深情。我想,更长久的思念应该还是在我们的内心更深处吧。

夜深了,我打开窗户,任由这夜风梳理着纷乱而复杂的思绪。窗外春雨绵绵,如同我长长思念的泪水奔涌,而这份思念中浓得化不开的血脉亲情,岂是这夜雨能懂的,能蕴含的?爸爸,你还好吗?这是一个儿子在风雨交加中对天的呼喊,爸爸,这么多年,你听到了吗?!

哦,这清明的雨啊!

菊色烂漫

正是深秋季节,家乡三水涧的菊花已经火一样地盛开了。

这片硕大的菊花园,坐落在革命老区无为市西北的山区红庙镇,是新四军七师儿女曾经战斗过的地方。整个园子有几千亩地大小,一眼看不到尽头。远远地,还没有进入园中,那股浓烈的菊花香味就已经潮水一般涌过来,冷艳的清香味道沁人心脾,让人陶醉。

寻芳入园,徜徉在园区平坦通达的花径上,抬眼望去,起伏跌宕的山野之上,层层叠叠都是绽放的菊花，如海中澎湃涌动的浪花，一浪一浪地翻卷过来，又像连绵不绝的花山，伸展开去，更似一条条锦带，恣意地铺陈在山水之间。那浩荡雄浑的气势，着实让人折服震撼，不自觉地萌生起拥抱这遍地菊花的浪漫情愫来。

　　仔细欣赏眼前的菊花，鹅黄的明艳如天上的云霓，深红的热烈像燃烧的火焰，浅紫的娇羞似美人的笑靥，粉白的莹灿同满天的星斗。那些盛开的菊花，硕大得如同盏盏金钟，伸展开来的花蕊，柔曼如少女的腰身，而卷曲的花头，犹如娇羞地掩着面。那些小巧的花儿，即便只是状若人的指甲盖，开放的势头也毫不逊色，花枝间闪耀出的光芒，让周围都陡然明亮起来。更多的花朵只有银勺一般大小，每一根旁斜横逸的枝干上，都挤满了几十朵甚至上百朵菊花。一簇簇、一丛丛，奔放飘逸，让人不得不感叹它生命的惊人力量。艳阳辉映下的菊园，数不清的菊花开得像一团团燃烧的火焰，给深秋的田野带来了融融的暖意。一群群嗡嗡嘤嘤的蜜蜂，或绕着花朵低飞，或潜入花蕊中采蜜，如同一粒粒黑色的珍珠散落在菊花园里。一阵阵五彩的蝴蝶，像一个个闪动的精灵，在群花之上起舞流连，蹁跹的身影让丽日下的每一寸时光更加美丽。

穿行在菊园深处，我们看到了许多和蜜蜂一样勤劳，和蝴蝶一样秀美的菊农。他们穿着宽大的工作服，有的戴着宽草帽，有的扎着漂亮的头巾，在菊海中缓缓行走，随着腰身起落，双手上下翻飞，一朵一朵菊花飞入胸前和身旁的竹篮里，一会儿就堆起了一个个小小的花山。路边的架子车上，满满当当都是一箩筐一箩筐刚刚采摘下来的菊花。随行的工作人员告诉我们，他们都是熟练的采花工人，一天可采花100公斤，收入120元，这一片菊园的菊花，够他们采摘一个月左右。这些金丝皇菊、婺源黄菊、黄山小皇菊和黄山贡菊，是茶饮中的精品，每年4月份栽种，经过六个月的生长期，11月上旬开始大规模采摘。《神农本草经》这样描述菊花的药用功效：菊花，久服利血气，轻身耐老，延年，因此在生活中它受到人们广泛青睐。菊农采摘好的菊花要立即送往车间加工，以保持花的新鲜和香味。步入加工车间，见到了一大群大爷大妈和小媳妇，正在紧张地往竹筛里一朵一朵地排着鲜花，排好的鲜花必须均匀地一朵挨着一朵，不能花压着花，否则就会影响花形和工艺。排花工人们都是周围村庄的留守人员，年龄最大的85岁，最小的也有38岁。因为不限工时，来去自由，所以他们在照顾好家庭生活的同时，空余时间都用来务工挣钱，每天至少有100元的收入。还有一些常年在外的打工人员，他们听说家乡办起了现代化菊花加工工厂，毅然回来进入企业，实现家门口就业，结束了艰辛漂流的日子。问及他们在这里工作的感受，没有一个不感到舒心畅意的，脸上漾起的是满满的幸福感和自豪感。

在成品仓库，我们看到了包装精美的众多菊

花产品。一份菊花制成品,一般要经过人工采摘、竹筛排花、暖房烘干、精挑细选、检验检测、封袋包装、上架销售等多道工序。这些质优价美的产品具有广阔的市场前景,除了远销上海、浙江等地以外,园区还开辟了网上销售渠道,利用直播带货、举办菊花节等形式拓展市场,使身在山乡的菊花能够远赴各地造福人们。

通过踏访我们得知,除了这个菊花园区,附近还建有蓝莓园区、蝴蝶兰园区、百合园区、精品苗木园区。这些园区和革命老区的红色文化,新四军七师师部旧址和纪念馆、皖江革命烈士陵园、将军大道、白棠湖度假区、美好乡村涧边村,共同构成了农文旅浑然一体的国家AAAA级旅游景区,吸纳了大量的村民和社会富余劳动力就业,盘活了一方资源,带富了一方百姓,绘就了一幅产业兴旺、乡村振兴的美好画卷。而领办这些企业和园区的,无一例外都是本地曾在外面创业的成功人士,他们致富不忘回报桑梓,造福乡邻，投巨资修路造桥，济贫助学，抚孤养老，开展大量的社会公益活动。还兴办了省级农民田间学校和生态家庭农场，传授农业科技知识，培训农村致富能手，同时引入先进的经营理念和文化业态，打造富有本土特色的旅游文化品牌，合力唱响家乡美、家乡富、家乡好的新农村赞歌，走出一条新时代山乡巨变的康庄大道。

不是花中偏爱菊，此花开尽更无花。漫步在金灿灿的菊花园中，金风拂过，金浪漾起，田园静美，家舍安然，眼前的无限胜景，让人深深眷念。当我打开相机，准备留住这份美好的时候，一只浑身沾满了花粉的蜜蜂，竟然落到了镜头上，意外和惊喜的同时，我瞬间就有了被花香浸透的感受，身心都被这一幕融化了。

今年的菊色真美呀！

大茶山的秋天

（一）

昨夜下了场透雨，大茶山在经历了一整个夏天烈日的暴晒和蒸烤后，因为有了这场雨的滋润，一切都变得明艳生动起来，冈冈岭岭就有了秋的韵味。

一大早，桂昌赶着自家的大黑牯，上山来给牛养膘了。经过一个夏天的生长，初秋的山野是草的世界，到处是连绵起伏的棒槌草、芨芨草、苜蓿草、狗牙根、黑麦草、棒头青、野牛蒿，浓密的地方都能把人淹没了。这时候牛羊进山，敞开肚子进食，不消几日就会膘肥体壮。雨后山上树叶、草尖上缀满了晶莹的水珠，和山路上淋漓的雨水映衬着，天光下到处是明晃晃一片。四处响起流水的声音，满水的塘坝里像一块块翡翠，芦苇和柳树，只剩下半截嫩枝条在水面招摇。一群群小鱼儿露出开合的小嘴，在水面上游走，漾起的绿波一圈一圈消散开。肥大的青蛙卧在荷叶上，歪着脑袋看蜻蜓在水面起舞。远处野鸡把脖子藏到了草稞里，却忘记了漂亮的花尾巴。喜鹊和斑鸠像絮叨的老婆婆，惹得叫天子冲天而去。白鹤绅士般地站立在棠棣树上，披着一身的柔光。黄鹂和画眉的吴侬软语，让大黑牸也不时停下咀嚼的声音，抬头瞄一瞄这美丽的小生灵。一白一黑两只野兔，一会儿奔跑起来如同飞剑一般，一会儿又抬起前腿，静静打坐，那副调皮的模样，让桂昌不自觉地笑了起来。打小起，他就喜欢山上的这些小动物,每一次和大人们进山,都要把自己喜欢吃的东西带来和它们分享,觉得这些鱼鸟虫兽和人一样善良可爱,充满着浓浓的温情。他不禁想起了石头、狗剩、铁蛋、树猴一帮小伙伴,他们平常也是这样相亲相爱,在一起的日子,总是那么开心有趣,像一家人一样。不是吗?今天晚上大家又相约一起去野地里摸鱼捞虾"打秋收",想想那些逗引人的场景,他的心劲儿就又激动了十分。大黑牯似乎也看懂了桂昌的心事,左右晃荡着脑袋,张开大口加劲地撕扯肥美的青草,不时打个冲天的响鼻,它和小主人一样,心里满意极啦!

大茶山其实是一大片丘陵,方圆好几百里地。这地方不知道从哪朝哪代就开始出产茶叶,是那种貌不惊人的细叶野茶。唐代的时候听说这里就是侨置扶阳县治所在地,由于山高林密也是强梁们一直看中的地方,历史上匪患连绵,常常闹得民不聊生。打日本人那个年代,经历"皖南事变"后受到重创的新四军,把重建后的第七师师部建在大茶山里,创建了皖江抗日根据地,和小鬼子以及国民党部队殊死血战过,山上留下了众多将士的遗冢,大茶山也是一座英雄山。站在大茶山顶上向四面看去,起伏的山梁间现出的村落,像一根根长藤上结出的南瓜,左一个右一个地卧在山坡上。阴天的时候,浓浓的山雾又把这些村庄淹没得看不到一点踪迹,大茶山如同一个混沌的世界。因为远离喧嚣,这里的民风好比山里的空气一样纯净,山民的性格也像大山一样朴实憨厚,骨子里渗透了吃苦耐劳、顽强韧性的精神气质。桂昌的家就在南山边的一个小山村里,十来户人家,几十号人,经年累月的山中岁月,大家都自觉地亲近成了一家人,不管谁家有了喜事难事,人人都自觉地担起了一份担子,平平淡淡的日子让大伙儿过得其乐融融。

　　山里的秋意似乎比山外来得快些浓些。雨后初晴,田里紧要的活儿已经忙得差不多了,一年里闲散松逸的时光，随着秋雨的滴落，在灶台和院坝里氤氲开来。灶台上飘香的是一年辛劳换来的美食，院坝里则是邻居们酒酣耳热后掏心窝子的地方。月光洒到院子里，纳凉的邻居们津津有味地侃起了大山。村中年纪最大的郭爷爷和李伯伯，一人叼着一杆尺把长的黄铜烟袋，吧嗒吧嗒着，一闪一闪明灭的烟火，好像在叙说着村庄遥远的故事。二嘎和大牛两个愣小伙儿，一人对着一个硕大的茶碗，响亮的吞咽茶水的咕噜声，道出了山里人惯有的爽快和满足。还有那些大姑娘小媳妇的低笑声，给夜晚的山村平添了许多神秘有趣的氛围。黄狗悄无声息地趴在脚边，时不时吸一下鼻子，似乎在附会主人的话语。归栏后的鸡鸭牛马，还没有安静下来，牛细细地反刍，马踢踏着地板。草丛里蟋蟀、蝈蝈、蟪蛄开始了低吟，野外的蛙鸣一声高过一声，渐渐盖过了山涧中流水的响声，不知名的水鸟的叫声，在山谷里回荡，声音悠长而尖厉。桂昌和一帮小伙伴，各自带上工具，齐刷刷地向野地里跑去，那些地方数不清、用不完的山野宝贝，一直让他们心痒痒。四野青幽如黛，远处一片空蒙，秋夜如同一幅写意画在朦胧的月色中舒缓地打开。

（二）

桂昌、石头、铁蛋、树猴开始了他们约好的"打秋收"。田里的稻子收拾完了以后，秋粮还没有来得及种下，大片被犁耙新翻过的旱地和水田，让泥鳅、黄鳝、鱼虾们把这里当成了乐园，野地里临时搭起的数不清的稻草垛子，成了野兔、狐狸、黄鼠狼临时的家，斑鸠、野鸡、野鸭，还有好多说不上名字的鸟儿，都把窝安在了遍地厚厚的草丛中，有时候走到田地里，绊住腿脚的说不定就是这些动物的一窝蛋呢。月光皎皎的夜晚，这些动物都静静地藏在巢穴中，如果周边的动静不成为威胁，它们是不会轻易挪窝的。

孩子们喜欢选择这样的夜晚，三五成群结伴去摸鱼捞虾，挣数量可观的"小秋收"，一来可以任性地疯玩一把，二来也借此让全家人打打牙祭，改善改善生活。

月亮慢慢地爬过山头，秋夜的月色特别透亮，把附近的道路和田塍映照得清丝丝的。月光倒映在水中，水边草木清幽的光影随风在水波上起舞，村口那些池塘偌大的水面闪着粼粼波光，如同一块块平滑的镜面辉映着月色。通向田野深处的是一条宽阔的土埂，把水面和稻田隔成了两块，右边是高坡三个相连的池塘，左边是低坡连片的庄稼地，这样的地势安排，保证了雨天山水来时能接得住，干旱的季节放水灌田省时省力。埂头用条石修建了一道坚固而漂亮的水闸，闸下是用青砖砌起的引水沟，这些天正是大田灌水养地的日子，哗哗的水流声在静夜里格外震耳。让桂昌奇怪的是，空旷的池塘边，怎么平地有了一座高大的土山，山上光秃秃的什么也没有？关于这座山的来历谁也说不清楚，只知道山的名字叫什么"白虎墩"。桂昌和伙伴们每一次路过这儿，总有恐惧的感觉，觉得池塘和土山一定有某种瓜葛，说不定是哪一辈什么人挖地修起的一座大坟墓。

这时候水塘里传来撩水的声音，狗剩、树猴下水捉鱼了。岸上的孩子们点起了几个火把，红红的火光一闪一闪，映出了水面上浮动的一个一个白光光的肩背。村子里上了年头的老塘，都积上了厚厚的底泥，泥土的肥性让岸边长满了菖蒲、水竹、巴根草和一嘟噜一嘟噜的柳须，鱼虾喜欢在水草里停留。狗剩不愧是老手，他先用双脚去"踩鱼"，那些躲在沟缝里的鲫鱼，一踩一个准，运气好的话一脚会踩出个"鱼窝子"来。树猴也不差，就见他猫下身子，在岸边草丛里细细地搜索，一会儿不是一条鲫鱼就是一只大虾，簸箕和木桶很快都盛满了，装不下的在地上跳来跳去，像一根根银丝线在月光下闪动，惹得伙伴们一阵又一阵地惊呼起来。

秋天野地里的萤火虫多得数不清,像一盏盏小灯笼在穿梭,明明灭灭的荧光把夜晚装饰得格外漂亮。几个女孩儿尖声大气地奔跑追逐,她们把扑下的流萤装进细细的玻璃瓶中,当成了"灯盏儿"。有时也会用稻草挑出最亮的一只,一边轻轻吹拂一边轻唤:"萤火虫萤火虫你快飞,一飞飞到天边边,找个神仙问一问,我到底是虫虫还是星星?"

月亮越过了塘边的土山,月光更加柔和、亮堂。桂昌、石头、铁蛋悄悄踅向大田深处。石头扛着网兜,铁蛋背着鱼篓,桂昌手握长长的竹竿,竹竿的一头,是用旧牙刷和缝衣针制成的"鱼斩子",这可是捕鱼利器。在一大片明晃晃的水田边,他们停住了脚步。这片新翻过的水稻田,土坷垃还没有浸泡松散,铧犁留下的一道道浅沟里洇满了清水。桂昌让铁蛋拿出竹篓里的马灯点着,灯光下的沟垄里正有一群群鱼儿在游荡，乌沉乌沉的脊背，见到亮光的瞬间就不动了，眼疾手快的石头操起网兜轻轻一兜，翻着白花花肚子的鲫鱼、白条子就全进了网中。泥鳅和黄鳝会露出头来"喝露水"，水面上只露出一个小脑袋，长长的身子潜伏在水下，不细细分辨还以为是庄稼的茬秆呢。桂昌手中的"鱼斩子"往下一刺，黄鳝、泥鳅次次不落空。运气好的话还会碰到老鳖和螃蟹，在旮旯窝里睡懒觉。螃蟹会吐出一大堆泡沫，老鳖头爪摊开一动也不动，悄悄地用手一按就成了"战利品"。不到一个时辰，铁蛋的鱼篓就已经满满当当。

　　月影西斜，水田里越发明亮如白昼。薄雾远远近近地浮起，草木挂上了浓重的露水，山峦和村庄像一幅剪影，四周宁静下来，夜深沉了。

（三）

　　桂昌觉得最开心的事情还是去塘埂上纳凉。

夏天和初秋的夜晚，水边会生出舒爽的凉意，丝丝轻风吹散了白天的暑热，送来舒适快意。吃罢晚饭，村子里的老老少少就齐扎扎地来到埝上，男人小子们一个猛子扎入水中，三搓两搓就清清爽爽地上了岸；姑娘媳妇们选一个僻静处相互帮忙着也收拾得干干净净。不一会儿，水边的几块"石跳板"上响起了砰砰的捣衣声，意味着农家一天的辛劳忙碌将要最后收工。桂昌和一帮孩子簇拥在大人们身旁，竖起耳朵津津有味地听他们讲述那些稀奇古怪的趣闻故事。桂昌最留意五叔讲述的《杨家将》和《七侠五义》，故事中的男女英雄被五叔演说到了令人痴迷的程度。五叔大字不识一个，但有极强的记忆力和语言组织能力，凡是他听过的古戏文，经他的嘴巴一加工，再说出来的肯定比原来的还要生动有趣。村里农闲的时候也会邀请附近的大鼓书艺人来说几天书，活跃活跃氛围，也是涨涨人气添添喜气。每当鼓声咚咚响起，所有人屏声敛息的当口，鼓书艺人沙哑的嗓音就咿咿呀呀地唱起。有时是响板伴着唱腔，有时是鼓声和唱腔交织，说到高潮处，鼓声像雨点似的敲个不停，脑袋摇得像拨浪鼓，嗓子眼里挤出的声音尖细刺耳，似乎要冲破草房的顶棚。这声音让桂昌十分骇异，确实担心那面鼓和那副嗓子会一下破了。不仅仅没心思去细听内容，就连那一句句唱词是什么都搞不明白，往往在失望和困倦中沉沉睡去。

桂昌同样闹不明白，有时候起夜总能听到鸟儿的鸣叫声，声音清脆婉转，让他想起了小舅拉的二胡声。小舅天资聪颖，一手二胡技艺是"偷师"学来的。二胡的杆子和音盒都是他用枣木一点一点做成的，音盒的蒙皮是烈酒醒过的青蛇皮绷上去的，弓子是上好的斑竹和马尾。他不识曲谱，也不认字，所有的调调都是从卖唱的瞎子那里模仿的，逼真而流畅。他把流行的歌儿都拉成了好听的曲子，《老房东查铺》《红河谷》《珊瑚颂》令桂昌百听不厌，一首《马儿你慢些走》

让桂昌起了去大草原看马的心思。看见小舅往堰头上一坐，一扬手，行云流水般的音乐就会倾泻出来，桂昌既羡慕又崇拜，更神奇的是连那些叫声好听的鸟儿也不再亮嗓子啦。

最让桂昌痴迷的还是这漫天的星海。秋夜明净，银河在夜空辽阔地伸展，繁星镶嵌的两岸，像有无数颗眼睛在不停地眨动，无边的天幕里到底藏着多少神奇？银河的水有多深，水是烫的还是冷的，能跳进去游泳嬉戏吗？这水应该不浅，王母娘娘就是不想让牛郎和织女见面，才用金钗划的大河。到了七巧节，喜鹊们衔来树枝在天河上搭起一座桥，牛郎织女才能相见一次，听说在葡萄树下还能偷听到他们的悄悄话呢。还有那北斗七星，为什么总是手指着北方，从不挪窝儿？它是怕牛郎织女迷路吗？天河的水流到哪里去了，是化成了雨水落到地上了吗？它哪年才会流干？那样的话，牛郎和织女不就能天天在一起了吗？还有那启明星，比灯笼还亮，早上在东边晚上就跑到了西边，他是巡天官吗？那些流星慌慌张张、匆匆忙忙在干什么，难道是天上的信使？桂昌睡着了，梦中他坐到了弯弯的月亮上，像划着小船在天空荡荡漾漾，奇怪的是星星和天河都不见了，他想去看看玉帝老儿的天宫和王母娘娘后花园里的仙桃树，却怎么也找不着，只感到四周白茫茫一片，一阵阵凉意朝他袭来。他惊醒过来，起风了，纳凉的人吵吵嚷嚷都准备回家了。桂昌感到纳闷：都说神仙们住的地方好，好什么呢？冷飕飕、空荡荡，啥也没有，怎比得上我们大茶山，到处都是树木、田园、人间美景，还有遍地的鱼虾、禾麦、美味珍馐，村子里的石头、铁蛋，还有那么多的亲人，大家比邻而居，谦和礼让，甜甜美美，相亲相爱，这是多么开心快乐的一件事呀！桂昌决定明天一早起来就告诉大家，世界上没有什么地方比家乡更美好！

迎面吹来田野的风

常常对田野有强烈的怀想。那春天璀璨的沃壤、夏日晴翠的平畴、秋季荡金的原野、冬雪映衬的世界，像一幅幅翻动的油画，叠印在脑海深处。又见田野，是从城市边缘的一湖圣水，水畔的一方方青草湿地开始的。闲暇时分，或驱车或步行，"春绕芳草地，夏走碧荷池，秋赏芦花黄，冬观万鸟飞"，总是人间大美的景象。流连在湖岸上，看微波澄碧，嗅湖田芬芳，寻寻觅觅中，把所有对土地的渴念，都沉浸在迎面吹来的田野风中。

选择在春深四月，从滨湖湿地一直向南，畅行到马尾河湿地，是因为脚下无边的胜景，让人真切地品味出"最爱湖东行不足"的无尽诗意了。

这诗意的开篇是滨湖湿地，拂面的是不一样的"田野风"。有着"安徽西溪"之称的滨湖湿地公园，面积大到惊人的700万平方米，经过多年的打造，园内的旅游设施已相当完善。一排排高大的人工林下，是纵横交错的游步道，道边渠中泉水静流，游鱼往来历历可数，沟岸盛开着缤纷的艳丽花朵，抬眼可见密林深处散布的别致木屋，木屋边的漫坡上绵延着如茵的草地，草地的尽头是浓荫匝地的蜿蜒小路。路上的行人，或情侣相携，或三五做伴，用脚步去丈量这长长的小径，把一路的柔情蜜意抛洒到远方。一汪汪潭水，倒映着红樱、三角枫、竹柏、紫薇的倩影，这里那里，蛙声鼓噪，鸣禽飞转。可以呼仙人做伴，可以向牛郎沽酒，鹊桥飞渡，这世外桃源，让人久久徘徊，不忍离去。

如果说滨湖湿地公园是人间天堂，月亮湾湿地则是芦苇的世界。位于烔炀河入湖口的这片湿地，是不竭的烔炀河水，用经年累月的时光，把一寸一寸黑土，不停地洗刷、移送、沉积，最终形成的绿洲。从空中往下看，像一弯新月生长在湖边。肥沃的土质造就了数万平方米庞大的芦苇家园。待到春来，"蒌蒿满地芦芽短"，遍地冒出的尖尖芦芽，既是报春的使者，又是湖上人家盘中的珍馐，在历史上的灾荒年代，小小芦笋甚至充当很多人家的救命之粮。而在北宋大文豪欧阳修的笔下则另有一番意趣："荻笋鲥鱼方有味，恨无佳客共杯盘"，芦笋炖鲥鱼变成了不折不扣的美味。同样是大家的王安石在品尝了芦笋的鲜美滋味后不禁感叹"鲥鱼出网蔽洲渚，荻笋肥甘胜牛乳"。盛夏时分，这里成了苇叶的海洋，天风过处，无边的青黛色的波涛涌动着、跌宕着，像一曲雄浑的乐章奏响着。秋意深沉，这里开始了诗画的写意，蒹葭苍苍，花开如雪，芦花白，芦花美，花絮满天飞。莫忘故乡秋光好，千里万里梦相随。千秆万秆的芦花，在天地间营造了一片圣洁的世界，那是苍茫的白、醉人的白、动人心魄的白，在这片洁白无瑕的世界中，谁的身心不被荡涤得空灵透彻、纤尘不染？而当寒凝大地，初雪后的月亮湾，金色的苇秆与皑皑白雪相映成趣，那种枝影横逸、残缺苍凉的美也是刻骨铭心的。

　　在孙村湿地，我们遇见了杨柳的畅意起舞。4万多株粗壮的杨柳树，组成一支庞大的军团，沿岸边一直延伸到湖中远方，汪洋恣肆地挥洒着如云的翠色，把这里演绎成了瀚海。那些柳树有的虬曲盘错，苍劲嶙峋，有的蓊蓊郁郁，生机盎然，古朴与奢华相映成趣。阳光透过密林映射到水面，成群的鱼虾在波光中浮动，招引得野鸭、水鸟竞相追逐，惊起了一地的蝴蝶、蜻蜓，在水面腾起的薄雾与枝头的柳烟中上下飞舞。这会儿，有荧光闪烁，那是摄影人的闲适，有竿起竿落，那是垂钓者的散淡，这份闲适与散淡，与四处生发的浓浓的田野气息，刹那间紧紧地包裹了我们，身心俱融。

大湖湿地的美是壮观绚烂的，古往今来吸引了大批文人雅士前来寻幽探胜。李白、苏轼、陆游、姜夔等都曾留下了脍炙人口的佳句。唐人罗隐的"借问邑人沉水事，已经秦汉几千年"，感叹沧海桑田之变。陆游的"何曾蓄笔砚，景物自成诗"，赞叹湖色之美。清代巢县知县孙枝芳的"天与人间作图画，南谯曾说小姑苏"，复原了盛世繁华。现代诗人郭沫若曾在此盘桓，挥毫写下了"遥看巢湖金浪里，爱她姑姥发如油"的佳句。这厚重的文化底蕴，在马尾河湿地，我窥见了它的端倪。如今的马尾河湿地，千亩金丝杨柳迎风摇曳，树旁水牛成群，树上百鸟啁啾，岸边芦苇丛生，湖上帆影片片，水波荡漾着银辉，一副岁月静好的模样。三国时期这里却是金戈铁马的古战场，诸葛亮在《后出师表》中说"曹操五攻昌霸不下，四越巢湖不成"，道出了战况的惨烈。赤壁之战后，魏、蜀、吴三分天下，曹操不甘蛰伏北方，兴兵南下巢湖攻打孙吴，几十万军马驻扎在盛桥一带，前锋紧邻白湖，后面一直绵延至巢湖南岸，后人形象地称前锋所在湖咀处为"马头嘴"，队尾处为"马尾河"。为了突破两军对垒的僵持局面，曹操下令，一边加紧操练兵马，一边开凿皂（兆）河，又令搭建铜鼓台，上下工以鼓声为号。相传一日，一只衔着树枝的喜鹊飞越铜鼓台时，忽遇大风，树枝掉落，正巧砸在鼓面上，兵士们听到鼓声，以为收工了，纷纷坐等开饭，谁知此时天降暴雨，洪水瞬间将半拉子河床淹没，生性多疑的曹操以为这是天意，于是匆匆率军北返，留下"烂尾工程"。直到20世纪50年代，安徽省拨出专款终于开挖了这条古兆河，沟通了白湖与巢湖，引塘串河、顺港河、盛桥河之水于马尾河口注入巢湖。此时距曹操开凿此河，已过去 1700 余载。

古兆河水静静流淌，只是换了人间！站在马尾河口，凭湖怀古，别有一番意趣在心头。但见青山隐隐，碧水澄波，岸边田舍锦绣，院落森然，一派富足幸福的气象。多年来，地方党委政府把"大湖名城"建设上升到城市战略，投入巨资整治沿湖环境，提升湖光山色品位，在还大湖以本来面貌的基础上，又给人们生活带来了更加美好的新期待，真正印证了"绿水青山就是金山银山"这句名言。

迎面吹来田野的风。风送来缕缕的稻花香味，风送来鱼肥虾美的如画景致，风送来百姓们发自心底的朗朗笑声！呵，好舒爽的风，这田野的风！

海棠一枝春已深

早晨起来,就见满院子的海棠开花了。

一树一树的海棠花,灿然绽放,热烈、奔放的模样,把整个春天都装扮得艳丽无比。远处旁逸斜出的枝丫上,缀满了风铃般粉色的花朵,乍看起来像有无数条透亮的织锦交错,一层层密匝匝地系挂在那儿,又像满天的星雨一夜间落满枝头,那气势形同爆燃的礼花在天地间任性绽放,俨然是海浪冲向崖壁后,浪花溅起的炫目光华。这一刻真让人感受到了惊心动魄的美丽!

忍不住披衣下楼,去近距离地感受海棠的楚

楚风韵。行走在院内的小径上，两边都是高达丈许的海棠树，就像两排簪花的少女一样亭亭玉立，又好似两条蹁跹的彩带在微风中摇动，让人恍如在花海中泛波，在花山上跋涉，在花阵中徜徉。

细细端详枝条上的海棠花，一簇簇一丛丛地盛开着，多的十多朵，少的也有四朵以上，宛如兄弟众多的家庭，和谐而欢欣地生活在一起，又好似邻家的几位小姊妹，正在窃窃私语，话到情浓处，双颊飞起了朵朵红晕。绿叶中娇嫩的花儿，舒展着纤细的腰身，仰着一张张笑脸，喜洋洋地跟行人打着招呼，浑身洋溢着绚烂气息，透出活泼泼的风采，着实让人为之倾心，受到莫名的浸润、鼓舞。即便是垂垂老者抑或是心意迟迟者，行走在这里俯仰吸纳，也会元气充盈、热情重燃的。面前的一朵朵玲珑花儿，有的热情地张开怀抱，有的羞涩地掩起了面容，有的捧出了黄色的花蕊，有的矜持地只伸出一两瓣花瓣，如此轻盈俏丽的面颜、洒脱随性的仪态，让路过的行人们在读它赏它的同时，也会生出多少别样的情愫来。

不知道为什么，眼前蓬勃明丽的海棠花，在我的意识里，总是沾染了淡淡的书卷气，而那些脂粉的味道似乎与它不太相干，要不然它的身影为什么会常常映现于清词丽句中呢？假如说她是花中端庄的公主，那么一定是这样一位左手擎书、右手轻拈桃花宫扇的奇女子，风情万种地且行且吟，那些美丽的诗篇随着她款款的身影翩然洒落，一下子填满了田野山川，使满地的春晖骀荡。不信就让我们来聆听春风春雨捎来的诗信吧。

"枝间新绿一重重，小蕾深藏数点红。爱惜芳心莫轻吐，且教桃李闹春风。"绿叶中的海棠将开未开，如含春的少女一般欲露还遮，新奇而羞赧地打量着桃李们在春天里欢闹。元好问笔下的海棠就是含苞待放、情窦初开的少女化身。

"看叶嫩，惜花红，意无穷。如花似叶，岁岁年年，共占春风。"晏殊眼中的海棠却变成了年年独占春风的骄子。"昨夜雨疏风骤，浓睡不消残酒。试问卷帘人，却道海棠依旧。知否，知否？应是绿肥红瘦。"三杯两盏淡酒后的李清照，在料峭春寒的早晨与海棠花相顾自怜，此时诗人的重重心事谁能知晓？唯有那新翻绿叶和点点残红聊为寄托。"美人纤手摘芳枝，插在钗头和风颤。"柳永用慢板唱尽了海棠花的无限风流，那随风摇荡在人间的是千姿百态的红尘美好。"偷得梨花三分白，借得梅花一缕魂"，更是曹雪芹用海棠花来赞美红楼女神们最委婉贴切的句子了。

如果说这些还只是对海棠花的浅唱低吟，那么远在黄州的郊野，还有一位因为乌台诗案被朝廷贬谪的诗人，却把海棠花视为知己："东风袅袅泛崇光，香雾空蒙月转廊。只恐夜深花睡去，故烧高烛照红妆。"春风中的淡月之夜，寂寥的诗人燃烛照花，人面海棠相对，那种惺惺相惜的情谊，溢满了遇见和眷顾的人生况味。海棠花以它的高洁和美丽，成为慰藉诗人的红颜挚友，成为度过困厄和劫难的精神支撑，这或许就是成就苏轼千古奇才和超凡脱俗的最本质的力量吧？无论是海棠花的娇柔飘逸，抑或是晶莹皎洁，它外在的美丽原来内敛着这么深刻的意蕴，难怪会让古往今来的文人墨客钟情如许。站在这一排排高大的海棠树下，在欣赏满树繁花的同时，我似乎也读懂了诗人们的海棠春心。

忽然想起来旧时读秦瘦鸥的小说《秋海棠》，很奇怪他怎么给书中的主人公冠上了"秋海棠"这样一个名字。现在当我提笔给这篇稿子画上句号的时候，这么多年来一直在寻找的答案原来就在眼前，不知不觉间，路边的海棠花已悄然落满了我的衣衫。

蝴蝶如兰

快要过年的时候，特意到花市选购了几盆鲜花装点居室，一盆红掌，一盆杜鹃，一盆就是蝴蝶兰。

一眼看中蝴蝶兰的，倒不是商家把它摆在了最显眼的位置，也不是它的价格，而是它的富贵典雅、临风欲动的风采，就那么不经意地一瞥，我就深深地喜欢上它了。我忙不迭地付了款，喜滋滋地抱入怀中，一路呵护着回到家中，选一个漂亮的花架摆上去，位置在客厅的最显眼处，靠近阳台又通风又有充足阳光的地方。从此它就生动地站在那里，好奇而欢喜地看着这个家，羞赧地与我们默默相对。

早晨起来，第一缕阳光还没有照亮地平线的时候，最先看到的就是蝴蝶兰灿烂而明艳的笑容，这笑容让我瞬间变得温暖、快乐起来，满满的都是慈爱安详的味道，如同阳光般温润了举手投足，让生活一下子变得如此斑斓多彩。闲暇的时候，最喜欢或倚或坐，或远或近地凝望它，看着它一天比一天蓬勃，一天比一天充满张力，那股生命的力量毅然势不可当。花开时兰花就那样潇潇洒洒，从从容容地一直由枝根开到枝头，一朵连缀着一朵，远远望去，宛如一群彩蝶在排着队轻轻飞舞，又似乎是赶着趟挤挤挨挨地落满花钵。细细地打量它，每一朵花的下面都均匀地生长着三瓣银勺似的花托，这三只银勺托举着两瓣对称生长的蝶形翅膀，中间的花蕊既像春姑娘俏丽的粉唇，又像蝴蝶娇小的脑袋，花色是那种盈盈的温润的淡紫色，透出若有若无的怡人清香，花枝头三三两两地缀满了待开的花骨朵,铃儿一般地系在那儿,仿佛一阵风吹过来它就会急不可待地欢唱开来。这么凝望着它,一恍惚,眼前的蝴蝶兰似乎变成了一位美艳的少妇,正巧笑倩兮、美目盼兮地行走在碧水春江边,那一种顾盼生姿的美让人深深地沉醉迷恋。

眼前不由得浮现出少年的时光来。春潮涌动的时候,山涧里、小河边、田野上盛开着红的白的黄的紫的妖娆美丽的花朵,这是一年中农村孩子们最开心的欢乐节日。他们三五成群,追逐嬉戏在花海中,双手挥舞着五色的花枝,头上缀满了七彩的花环,甚至连脖子、衣服上也贴满了花瓣,口袋里更是藏着神秘的花骨朵,小脸蛋上一个下一个、左一个右一个印满了鲜艳的花的油彩,女孩整个就是一个花仙子了,似乎整个世界都浸透着浓得化不开的奇异馨香。这群不谙世事的孩子,他们扮演成花神,在奇异国里欢乐地"娶媳妇""过家家"了,把蚂蚁、蚂蚱这些虫儿唤作鸡、鹅、鸭、兔,把小树小草当成了四季庄稼,那像模像样的过日子的场景至今回想起来还令人不禁喷饭。孩子们的欢欣是因为世界给了他们美好,而装扮那个美好世界的斑斓花海里,我想或许当初也藏着蝴蝶兰的身影,只是在孩子们的眼里,它的名字可能没有"蝴蝶兰"这么典雅灵动,这么意蕴深远。孩子们首选的一定是它的欢颜,是它的美好,至于如何去称呼它,就不必去深究了。

很诧异蝴蝶兰的花期如此之长,从正月开到二月,它依旧美艳如初,不细细观察,很难发现它也会枯老凋零,一开始只是靠枝根的几朵有点干燥卷曲,轻轻一碰会有坠落的感觉,过些日子那些"蝴蝶"会一只接一只地慢慢收拢翅膀,垂下头颅,依次向大家作可爱的告别,那模样真让人万分不舍。不敢相信如此美好的东西,终也有凋零的那一天,心里冷不丁地隐隐刺痛起来。世界上真正美好的东西,常常在不经意间被人忽视忘记。当你偶然感受到它的美好时,那份美好却已经消失摇落,再难寻觅,恰如这风情万丈的蝴蝶兰,更深入地说,不也恰如我们正在走过的人生吗?

有兰香相伴的日子是幸福的日子,人生当以兰为佩,珍重永远!

夏雨滂沱

又到了夏至时分，当黄灿灿的麦子和油菜收割完毕时，炎炎盛夏就已经来临。

午后，空气中撩动着火一般的热浪，鸣蝉的叫声沉闷幽怨。阳光一寸一寸被乌云收藏起来，天从西北角灰暗下去。一座座沉寂的白色云山，忽然间兴奋起来，像受惊的野马。云头越爬越高，云内浪涛澎湃，云脚快速变低变黑，光线突然间苍黄、灰暗下来，雨意凉飕飕的，一阵阵袭来。风陡然生猛起来，揉碎了一池的清波，吹过葱茏蓊郁的水稻、大豆、玉米，灌满了村庄的巷道和庭院，又洞开窗户，满屋子都是风在唐突奔走的声音，空气里瞬间填满了雨水的潮湿腥味儿。

暴风雨来了。透过窗扉，看到雨帘倾泻而下，腾起的水雾如同云烟。刚刚还在劳作的人们扔下工具，慌乱地奔跑起来。山川田园渐次模糊，雨线很快淋漓了面前的一切。四周一下子变得安静，唯有鼓点似的雨声，淅淅沥沥、噼噼啪啪，在空旷的田野里癫狂地跳着舞蹈。疾雨拥吻后的杨柳，突然醉汉般摇摆、战栗起来。荷花、月季、绣球花和石榴花受了惊吓似的，煞白了脸，匍匐下身子，一个个花容失色。雨漫过挺拔的枫杨树枝干，披上了一袭银白色的纱丽。纱丽中的枫杨树，娇羞得如美艳的少妇，浓密的枝叶是满头青丝，兀自招摇的串串青果是云鬓间的钗环，袅婷妖娆的姿容如同仙人凭虚御风。

一会儿工夫，院坪上溪沟里的水开始漫涨。先是潺潺的涓流在游走，继而汇成湍急的大水，最后化成了滔滔浪涌，向门前的小河和池塘奔去，瞬间填满了沟沟壑壑，到处都成了水的世界。鱼虾们异常兴奋起来，它们溯水而上，快速摆动着身体，冲刺着、跳跃着，水面上到处都能见到它们搅动的浪花。菜地里的浅水区，细长的"柳刀鱼"，闪电一样来回穿梭，划开一道道波痕。亮闪闪的"鲫瓜子"，斜着身子在草丛中戏水，水花四溅；花鲢和草鱼一会儿从水面刺溜一下，鱼鳞像银线划过空中，落下来又像白莲花盛开；大青虾躲在草根处，挥舞着两只爪子，泡沫一个接一个冒出来；泥鳅和黄鳝聚集在流水的拐弯处，一个劲地拍打着水花。天色更加暗淡无光，随着几声撼天动地的响雷之后，暴雨如同瀑布一般飞泻下来，一时间，雷声、雨声、风声、流水声、器物撞击声，无数的声响同时在吼叫，大地陷入了战栗和惊悚中，人的灵魂仿佛也奔逃出体外，意念变得虚空而遥远。肆意的流水更加湍急，风把一切可以制服的物体都紧紧按倒在水的边缘，闪电的利影让一切显得苍白无力，世界沉入风雨飘摇之中。

迅疾的雷暴让时间停止了走动。然而，当短暂的阴霾过去时，乌云开始消散，雨声快速变小，狂风收起淫威，天际又渐渐亮起来。枫杨、红缨、香樟、水杉、塔松、缅桂、含笑，这些树木中的骄子经过暴风雨洗礼后，显得更加青翠欲滴。阳光从云层中一缕缕透射下来，像一束束追光打在蓬蓬树冠上，晕染出层次分明、斑斓绚丽的色彩，宛如众多簪花的浴女。山川、田园、茅舍，水淋淋、湿漉漉，像一幅水墨剪影，镶嵌在视野之中。空气格外潮湿透亮，到处洋溢着舒爽清丽的芳香，把人的五脏六腑荡涤得难以言说地清明通透。夏雨滂沱后的世界如此美好！

雷暴已经远去，流水的声音却依旧豪迈喧嚣。河水裹挟着稻草、树枝、废弃的木头，浪花飞溅，狂奔着，势如一头怪兽。围堰和池塘的闸口下面，白浪滔滔，水声像犍牛哞叫声。渠道溪沟里，满满的暗流涌动快如星矢。菖蒲、水剑草、棒头草、苜蓿，重新站直了柔弱的身姿。葛藤、凌霄、忍冬，又调整好了凌空欲飞的姿势。几只乌黑的燕子穿过滴答的细雨，优雅地停留在窗前，仔细梳理着打湿了的羽毛，啁啾的鸣叫声音似乎是在互问安好。一群一群的蜜蜂、蜻蜓舞动着翅膀，在水面上和树林里翩跹起舞。一切又恢复了祥和静美的模样。

村庄里，最先耐不住的是孩子们，他们扛着网兜、握着渔叉、提着竹笼子，一窝蜂地拥到水凼里、池塘边、沟渠中，大呼小叫地开始抓鱼捞虾。这些从小在水边长大的熊孩子，一个个身怀玩水的十八般武艺，瞟一瞟水上的动静，就知道哪儿有鱼，鱼有多大，大鱼用渔叉，小鱼用网兜，泥鳅、黄鳝用竹笼，几乎没有落空的时候。就连那些五六岁的娃娃，使唤不了渔具的，也一个个半潜入水中，用双手摸索起来。一会儿，大人们也加入了捉鱼的队伍，到处都是一派热闹繁忙的景象。随着一阵又一阵欢呼声，数不清的鱼虾被抛到高处的场地上，满眼都有了鱼虾们欢蹦乱跳的影子。鸭子和鸡也跑来凑热闹，鸭子一边嘎嘎地叫着，一边把头插入水中嘟噜着。鸡迅速啄起泥地里的蚯蚓、虫子，跳着躲到一边享用去了。小狗也这里嗅嗅那里闻闻，没有适合的美味，悻悻然掉头走开。山村沉浸在收获的欢乐之中。

傍晚时分，落日在青色的云堆里，发出火焰般的光芒，乌云染成了绛紫色，像一堆没有燃透的潮湿的篝火。天地深沉，明亮高远，几颗星星明明灭灭，一轮明月越过东山之上，清朗圆润与落日交辉。深黛色的山梁间，银色的瀑布飞跃而下，幽秘的山谷腾起阵阵薄雾。半空中升起一道硕大的霓虹，越过村庄，从山脚一直挂到山梁上，宛如一条彩带系在青山绿水间。暮色笼罩大地，炊烟从一处处房顶升起，空气里弥漫着鱼虾的诱人味道，山村即刻沉醉在美酒与珍馐的芬芳之中。

品味草香

这是一个草的世界,除了人声鼎沸之处,无处不是草的家园、草的王国。春草萋萋,夏草葳蕤,秋草茫茫,冬草苍苍,这斑斓的草色赋予万物苍生生命和希望,无边的绿韵让这个星球从此有了诗和远方。

草是寻常之物,它恣意泛滥的生命力常常到了被人们无视的程度,任凭狂风暴雨洗礼、刀砍火烧摧折,只是一眨眼,它又自顾自地蓬勃旺盛开来,给"草命"这样一个最脆薄的名词诠释出了无限的深意。

草是一个庞大的植物家族，它有多少个品种？怕是很少有人去细究这个问题。植物学家把草简单地分为草坪草和观赏草两大类，我们随处都能见到的大多是所谓的草坪草。它迤逦在田间地头，摇曳在水乡泽畔，纷披在山岗草原，葱茏在北国南疆，如影随形地陪伴在周遭，生动着我们的每一份旧时光。这些品类繁多的寻常之草，除了日复一日地此消彼长，经年累月地生死荣枯，苍茫眼底，不经意间也带给我们沧桑人世之叹。

于是这些草便活出了丰腴的意象和深厚的寓意，因此有了屈原孤芳自赏的"美人香草"，唯草木零落，恐美人迟暮；白居易多情伤别离的"离离原上草"，那份友情犹如野草，生生不息；孟浩然、苏轼这两位诗词大家虽然生不同时，但相同的人生遭际使他们趣味相近，独具慧眼，常常都以"芳草"自许，以此表达他们高洁的人格、远大的志向和美好的爱情，所以一个欲寻芳草去，一个坚信天涯何处无芳草！这些看似庸常的小草有了这些智慧之水的浇灌，焕发出了灵异的色彩，在历史的深巷里灼灼其华。

如果说草儿也有灵性的话，我曾经就邂逅过这样一盆小草。这是一盆到今天我也不清楚名字的草，不知道为什么，和我家阳台上那些缤纷妖娆的花儿摆到了一起，也许是原先盆中的花儿枯死了，盆子没有及时清理干净，时间一长，这些草就挤挤挨挨地冒了出来，那蓊蓊郁郁的生长势头，好像要与周围的花儿媲美一般。好几次给花儿浇水的时候，都想着要把这个盆子清理一下，重新栽上一棵雅致的绿植或是富贵的花卉，但当我的目光与这些小草相遇时，它们的葱绿、鲜丽、野性、旺盛的生命力总是让我如此感动，手中的喷壶也会不自觉地向它们喷洒起来。水雾朦胧中翩翩起舞的棵棵小草，似乎漾开了张张笑脸，发出了阵阵欢歌，每一片绿叶上都有一个新的生命在向你招手，跟你顾盼流连，让人胸中涌动着千般柔情万般爱意。几天不见,它们绿得越发醉人,竟洒脱地一直从盆沿上披挂下来,成了阳台上花丛中的一道风景,那份韵致和雅趣,丝毫不比它们身边的花儿们逊色些许。这不仅让我从此再无赶尽杀绝的念头,反而心生出许多牵肠挂肚和仰慕来。这些草还真的有些灵性了!

繁盛的草像一道佐料,给冗长的日子添加了鲜美的滋味,这滋味随着秋日深沉,愈加活色生香。一场接一场的秋雨,把寒冷从北到南慢慢滴落下来,寒风很快捎来了严霜、冬云和雪粒,阳台上的热闹花事早已收场,那些红枫、黄杨、三角梅剩下一根根光秃秃的枝丫,兀自酣睡。吊兰和龟背竹也失去了往日的光彩,变得枝叶卷曲、颜色暗淡,透出瑟瑟寒意。满地的萧瑟光阴里,却见那盆小草依然茁壮茂盛,细细端详,竟然还打起了苞蕾,那细长细长的花蕾,外面是两瓣碧绿的花衣,尖头露出了粉色,一朵又一朵藏在叶片之下,让人不胜惊喜。几天一过,黄灿灿的一片，细细密密的花蕊，像冬日里的一道暖阳，弥散在心头。这不起眼的小草令我刮目相看了。

草真的太平凡了，然而这盆小草却让我看到了生命的无限壮阔之美。这样一种上不了庙堂、难登大雅之堂的寻常草类，为什么能蕴含如此坚忍的生命力，留给人们许多的美好和慰藉，却又是如此地默默无闻，甘于平庸？唯一的答案就是：这是一种生命的品质，无关乎贫贱高贵、冷热得失，它像血液一样，流淌在血管里，永远散放着夺目的光华。

我摘下一根小草，将自己的鼻尖凑近它：呵，这草真香！

月色撩人

　　天上的星星还没有全部隐去，一轮圆圆的明月透着淡淡的清辉，斜斜地挂在西边的山尖上。黎明前的天空仍然朦胧灰暗，四处还是静悄悄雾蒙蒙的，腊生家的院子门便已经打开了。腊生背着个大背篓——背篓足有小半个身子高——沿着门前的小路往青茶山里走去。

　　秋天是山珍长得最旺盛的时候，青茶山里遍地都是肥肥的菌子、山药，树上也挂满了石榴、苹果、葡萄、山楂、柚子，只要在山里转悠半天，就能采下一大篓子果实和山货回家。再花个半天时间挑选干净,在大太阳底下晾晒几天,既能贮藏起来充当一年中的美味,又能出门卖个好价钱。往往一个秋天下来,腊生床下的瓦罐里面就会满满当当,全是亮闪闪的硬币,摇动起来的响声让腊生喜不自禁。

天空莹蓝莹蓝,像注满的一湖春水,看不到一丝丝云彩在飘荡。月亮越发大得像个银盘挂到了树梢上,虽然淡淡的,没有多少光华,却更白更亮。月亮上的桂树,近得好像身边的乌桕枝丫,手臂抬一抬就能攀住。鸟儿们已经醒了,喜鹊和画眉叫得最早,声音却是柔柔的。天色亮堂了一些,原先影影绰绰的树木花草露出苍翠的颜色,风开始摇动枝叶,地上的植物渐渐分明起来。青茶山的早晨,神秘的面孔像神话中的世外桃源。

月亮没进了草丛里。红彤彤的朝霞给山川草木镀上了一层绚丽灿烂的色彩,高大的树木间,一缕又一缕金色的阳光透射进来,薄雾在不断地升腾，露珠银光闪闪，到处都呈现出湿漉漉、新崭崭、活泼泼的野性的生机活力。腊生选了一块空旷的浅草地，埋下头去找寻他的山珍野味了。

秋天的夜晚，也是腊生和伙伴们最开心的时光。月光好的时候，大家就会相约去水稻田或是池塘中捞鱼摸虾。秧苗下、稻根处、水草丛中，甚至水柳树那一团一团的气根间，都是鱼虾爱藏身的地方，一晚上就能摸上来一大鱼篓。没有月色的夜晚，腊生和伙伴们就会聚集在村口的谷场上，或者是粮仓与草垛中间，一人拿着一个手电筒，掏麻雀窝、拾鸽子蛋、挖蝉蛹、捕蚂蚱、逮蟋蟀。麻雀喜欢在草垛和草房子檐下掏洞做窝，夜晚遇到灯光，它们一动也不动，只要把手沿着洞口伸进去，轻轻一抓，一个或者两个毛茸茸的麻雀就在手掌心里了，运气好的话顺带还有五六枚麻雀蛋呢。鸽子蛋就不那么容易找到啦，鸽子飞得高，窝一般做在杨树或者椿树的顶端枝丫上，必须是瘦小而又最能爬树的，平时绰号"树猴"的小伙伴才能爬上去。鸽子蛋的味道比麻雀蛋好多了，大家都仔细收藏起来，不到年节一般是不会享用它的。找到蝉蛹和蚂蚱要容易一些，带上铁铲和网兜，大树下的茅草地里，随便一折腾，就能翻找到白花花的蝉蛹和青头大蚂蚱。把它们洗净，再用开水烫过沥干，热油一炸，装入瓶中，就是不错的零食。蟋蟀，我们又叫它蛐蛐、油葫芦，它唧唧、唧唧的叫声隔老远都清晰可闻，月光朗朗的夜晚更是它叫得最起劲的时候。它跑得快，藏得精，还会斗技，墙角处、阴沟里、床底下，旮旮旯旯的地方都能见到它的踪影，但要逮着它可不太容易。蟋蟀喜欢吃米饭和蔬菜，腊生和伙伴们就支起一只小网，把这些吃的东西撒进去，手握长长的细绳，在远处静静地候着，一旦蟋蟀现身就成了网中之物。然后把蟋蟀放进大大的宽口瓶中，孩子们平常用它来游戏。明月钻进了云朵里，天色暗淡下来，或者是细雨蒙蒙的日子，腊生就会约上伙伴去掏墙壁土洞里的黑蜂，用一根细细的竹签慢慢地撩拨黑蜂的脑袋，招惹它爬出洞来，再把一只平常装药片的小玻璃瓶罩在洞口，愤怒的黑蜂一头撞进瓶中就算大功告成。摘下它的尾部，大家分享品尝，那一股涩涩的甜香，是腊生和小伙伴们吃过的最好的东西。

满月的晚上，腊生就会想起外婆。腊生是外婆照看着长大的。外婆前几年走了，在梦里腊生常常和外婆在一起，奇怪的是外婆从来不说话，不是在静静地缝衣纺纱，就是在给腊生烤地瓜、煮花生，要不就是轻轻搂着腊生的肩膀，靠在南墙根下暖暖地晒着太阳。梦醒的时候，腊生一抹眼睛总是一大把的泪水，好像外婆还在身旁，半天也不能从梦境中回过神来。外婆的家并不遥远，翻过一个小山头就到了。每当月朗星稀，月亮在白莲花一样的云朵里穿行，腊生和伙伴们坐在高高的谷堆旁边，听外婆讲不知道哪朝哪代的事情。外婆手中的蒲扇轻轻摇动，那些獐猫鹿兔、神仙鬼怪的故事，就像门前的溪水，怎么流也流不完，又像天上的星星，怎么数也数不清。

外婆走了，那些让他痴迷的故事再也听不到了。月光如水的夜晚，腊生常常对着一轮明月痴想，外婆是不是搬到了月亮上？她的故事里面不是有许多的好人死了又复生了吗？外婆那么勤劳善良，她怎么会不复生呢？听说月亮上捣药的兔子、砍树的吴刚，还有嫦娥，都是从人间飞去的，他们也需要外婆去洗衣做饭、扫地浇花吗？在这样的不解中，腊生又进入了甜甜的梦乡，梦中他会去问一问外婆，他的那些想法是不是对的，外婆到底要不要去月亮上，如果去了，那样腊生看到了月亮也就见到她啦！

不知为什么，他隐约听到了妈妈的歌声，那是他从小听惯了的摇篮曲："月儿明，风儿静，树叶儿遮窗棂呀，蛐蛐儿叫铮铮，好比那琴弦儿声啊。……摇篮轻摆动啊，娘的宝贝闭上眼睛，睡了那个睡在梦中。"蒙眬中他感到妈妈的胸怀像一轮满月，明亮温暖，丰润甜美，撩动着醉人的爱意光芒。在妈妈的歌声中，腊生和小伙伴们一起挽着外婆的双手，跑进了青茶山里，山里的月色真美呀！

　　几丝月光飞泻在腊生的脸蛋上，趴在窗台边的腊生，满面幸福，熟睡得像个安琪儿。

雪中的暖意

飘雪了，终于下成了茫茫世界。一夜飞雪至，人间妆新景。

一入冬，就盼望能痛痛快快下几场雪，还原脑海里季节的模样。今年冬天一直温暖，都12月份了，梧桐的叶子仍然青绿如昨，桂花还在飘香，草虫也偶尔发出坚挺的叫声，恍如夏天并未远去。只是到了上周，才感到寒风渐起，继而肆虐，四野茫茫，绵绵的雪意终于奔涌而来。一夜之间，大雪造就了一个奇美浪漫的童话世界，让那些钟情于赏雪的人，在这凛凛的寒意中拥有了许多美丽温馨的冬日故事。

特意起了个大早去看雪。小区里看不到一个行人,天色是意料中的灰蒙荫翳,静悄悄的,没有一丝风。大地茫茫一片,如同雕塑一般,闪着晶莹剔透的光芒。花草树木掩映在瑞雪之下,只露出稚拙的萌态;楼宇上面积满了厚厚的雪粒,看起来像前仰后合的冬烘先生;亭台廊榭、荷池小溪,圆的变成了一朵朵蘑菇,长的和方的都化成了好看的积木,任由冬雪的双手潇洒自如地在大地上自在拼装;路边灯箱上的积雪,被暖暖的灯光照射融化后又结成一根根冰凌,如同山羊的胡须披挂下来;平日里汩汩流淌的溪流,一坨一坨地冻成了冰疙瘩,不细看还以为是一堆玛瑙玉石呢!还有那些门洞、窗户,在厚厚的积雪的包裹中像瞌睡人的眼睛,透出迷蒙慵懒的样子。浓浓的雪意浸透了身边的一切!

我真正是惊诧于这一幅难得的雪景了!那么忘情地、静静地伫立在雪野中,目眩神迷于她的冰清玉洁，不敢挪动半步去惊扰这铺天盖地的美好。

曾经搬过很多次家，选择现在的小区安身居住，是因为这里的环境着实让我喜欢。小区里除了原生态的大片绿地外，诸如健身、休闲、娱乐这些设施也称得上是丰富齐全。而最令我钟爱的还是绿植，不仅品类繁多，且不乏吉野樱、情人梅、红豆杉、白果树这些珍品，宛若一个微缩的植物大千世界。营造者按照花、果、林、草、亭、榭、池、桥，移步换景，算得上是匠心独运了。这样的环境，当然成为茶余饭后人们休闲怡情的赏心乐地，春看桃花，夏品蔬果，秋赏月桂，只是由于这几年连续暖冬，单单落下了雪后赏梅的旧憾。这是一场对雪的久久等待，如同歌曲《雪》中表白的那样："这季节风多了一些……而我却躲不过这感觉……任时间将我的记忆更迭，却无法忘掉你那冰冷的眼……"

昨天晚饭过后，我放下手中的杂务，选择凭

窗而立,只为了能够静静地欣赏雪花飘落。先是一星两点地飞转,继而渐渐稠密、潇潇洒洒,然后是万马奔腾、群羊涌动,大片的雪花翻滚着、倾泻着,以一股排山倒海的力量,忘情地一拨接一拨地扑向大地的怀抱。大地像一位慈爱的母亲,敞开胸怀接纳这些无根的游子。雪花打湿了眼前的玻璃,渐渐融化而成的水珠串成了水线,继而淋漓起来,极像含着热泪在表白:我来到人间好开心啊!更多的雪花簇拥上来,渐渐淤积成了众多形状异趣的线条和符号。夜阑时分,我凝视着眼前这些匆匆来客不禁发问:这难道是雪花用别样的天书捎来的无声祝福,愿山河无恙,人间美好吗?一瞬间我心中漾起的暖流向周身蔓延,把这凛冽的寒夜也浸染得暖意融融了!

雪后天终于放晴了,庭院里又有了往日的喧嚣。最先躁动的自然是孩子们,他们呼喊着、奔跑着扑进雪地里,堆起了雪人,打起了雪仗。那些红的、黄的、绿的、紫的身影,犹如刹那间盛开的朵朵妖娆的花朵，在眼前温暖而生动地摇曳起来。我的心里也像孩子们一样涨满了火热的激情，禁不住伸出双手，轻轻拢起枝头的一握白雪，凑近鼻端深深一嗅，那一股异样的寒凉直冲胸腹间，身心即刻感受到了凛冽的震撼，人也变得越发清醒和敏感了。细细端详这六角的琼花，一眨眼就在掌心里慢慢透亮、莹洁，洇成细密的水珠，顿时让我心生香消玉殒的遗憾，同时又有了涅槃重生的庆幸，真是百味俱生。

竟然传来了鸟鸣声。细细一瞅，不远处的小广场上，十来只麻雀正在雪地里逍遥自在地闲庭信步。只见它们一会儿低飞徘徊，一会儿绕圈撒欢，一会儿三三两两叽叽喳喳，更多的时候追逐雀跃闹成一团，细密的雪面上留下了一串串好看的山字形脚印，可谓雪泥鸿爪。这寒雪中生动温暖的画面，活脱脱就是一幅雀戏瑞雪图。忽然就有了踏雪的雅兴，雪粒在靴子下发出有节奏的咯吱咯吱声，莹白色广袤的雪野缓缓地在眼前铺展,周遭的雪世界如同梦境不断地氤氲升腾开去,人、物事、雪景,乃至身边的一切慢慢虚幻,物我两忘,白雪非雪。这些感觉就如小草一样簇生了,那些得失荣辱、爱恨情仇,也彻底消弭于这无限的纯白之中不见踪影了。无怪乎人们对踏雪寻梅表现出如此痴迷的劲头,不难想象,在无际的雪野里跋涉,疲惫的人们忽然看到了前方一朵火红的梅花,那种情绪是谁都难以用言语表达的,如同一边是海水,一边是火焰,人生的两大境界,俗世的两种愿景,答案一下子出现在眼前,原来踏雪寻梅竟然会生发出如此丰富玄妙的意象啊!但简单说来,那蕴含其中的最基本的生之意义不也如快乐的鸟雀一样,在现实的雪地里得到了最本真温暖的映现吗?

这样忘情于雪野中,眼前不禁浮现出童年时代玩雪的温情画面来。虽然那是个物质生活十分匮乏的年代,但冬天的大雪总会如期而至,常常下得雪近盈尺。伙伴们穿着单薄的衣衫,挥舞着长长的冰凌，轰赶着小狗小猫们，在雪地上狂飙，扬起的雪花飞溅到脖颈里、鞋筒中，即使是汗水和雪水浸透了衣衫，也没有谁感到苦累，退缩一步，大家有的只是恒久的欢欣和张扬的青春力量，谁也不觉得生活有什么苍白寡淡，有什么苟且迷茫。许多年后我才终于明白，雍容华贵、锦衣玉食虽然也是生活，但在富有的灵魂、高洁的精神世界和充实的生命面前，不知要逊色多少倍，缩水多少倍。正如这些看似贫寒的孩子，他们心灵世界的饱满壮大，是任何东西也替代不了、消磨不掉的，会在往后的岁月里，慢慢蓄积蕴藏，成为丰厚的人生财富，让有限的生命变得恒久年轻健康有意义。这或许是对风雪人生无限温暖的褒奖吧，也让我们每一次回味时都会有丝丝的温暖在胸中慢慢漾开，像甘霖一样舒缓地浸润心田，膏腴整个人生。

　　雪落无痕，雪下得真好！

琴声如霰

总是喜欢一个人静静地欣赏钢琴奏鸣的声音。那声音有如天籁,像是皇天后土中滋生的精灵,给庸常的日子带来了许多美好的色彩。有琴声的地方,生活的诗意和远方就会打开。

常常有这样的幻景,那潜藏于脑际时不时薄雾般升腾起来的熟悉的琴声,仿佛是云霓从天际缓缓铺展过来,起初是迷蒙而缥缈的,是飘忽不定的色彩和不可言状的物体的纠结缠绕。在身心的慢慢归寂中,这感觉渐次透明起来,似乎眼前有了广阔浩荡的景象:蓬蓬新翠,片片云锦,群鸟啁啾,鱼翔浅底,琼楼玉宇,烟火人间……尤其在这月圆的仲夏之夜,一个人置身于寂寥病房中,更是醒来梦中不灭的印象。

禁不住想起了那些在家里的时光。楼上住着一位弹钢琴的姑娘,并不常常见到她,印象中斯人长发飘飘,纤细而挺拔,一副俏丽的模样。清晨时分,总有她如水的琴声飘来。最喜欢柴可夫斯基的《四季》、克莱德曼的《水边的阿狄丽娜》,还有经典的《命运》《黄河》了。忧郁而明快的曲调,低沉而激昂,如淙淙小溪,如大河奔腾。琴声中季节如图画般展开,寒冬暖暖的炉火,阳春鸣啭的云雀,夏日喧嚣的山川,秋日浩瀚的原野。还有那清澈的水边低头捣衣的少女,薄幕晨光中河水映红了她们的面庞;那河岸上行吟的小伙子,一边弹琴一边歌唱,歌里表达的都是梦中对恋人的向往。不朽的名篇《命运》和《黄河》,琴声奏出了不甘命运的摆布,在逆境中抗争、在绝望中奋斗的潮涌般的生命力量,磅礴浩瀚，荡气回肠，人生刹那间被赋予了淋漓尽致的质感，似乎每一个细胞都在音律中强烈脉动。

记得春天的时候到过黄山的翡翠谷。沿着山路一走进谷口，扑面而来的除了浓得化不开的团团翠绿，更有那无处不在的悠扬乐声。翡翠谷是一条爱情谷，寨前潭边流传得最多最广的就是爱情故事。逗留的那几天，春雨霏霏，涧水苍茫，激湍流瀑，声震八荒。雨中拾阶，感受到的首先是沉沉爱意：爱情长廊，情侣大道，相思亭，渡鹊桥，一路洒落的都是爱的隽永符号；沿途的石壁显眼处雕刻着嫦娥奔月、红楼奇梦、许仙白蛇、莺莺张生这些流传千古的爱情故事，一首又一首美丽的爱情诗歌被深深地勒进石头里。流连在山谷中，稍微驻足倾听，那一直如影随形挥之不去的琴声，正是让天地感怀动情的小提琴曲《梁祝》啊！身处这样一条到处掀动着爱情波澜的翡翠谷，谁不会生发异样的感受？仿佛那些远去的侠侣和现代伉俪,齐齐会聚到这里,在漫山遍野的雨声、瀑声、琴声、洪荒之声里,高声吟咏起爱情的永恒诗篇,那如大提琴般沉雄的声浪,咆哮在整条山谷之中!

不经意间想到了广场舞。不用寻觅,有琴声的地方就有广场舞,如同有阳光的地方就有野花芬芳一样。随乐声扬起的是不老的腰身、灵动的四肢,纵然这些舞者已经容颜苍老,华发飘飘,但舞动起来的却是不羁的生命和自由奔放的心灵,始终旺盛着生命沛然的力量,一如《天边的格桑花》:"扯一片白云安一个家……转身化作你的格桑花……茫茫雪山下那里是你的家,阳光怀抱里心动的刹那……"

午后的阳光像一匹织锦,从窗外披挂下来。窗外湛蓝如洗,远处青山含黛,几片白云从山的东边悠然地飘到西边,微风翻动着一片片树叶,拂过楼裙,蹚过院坝,落在不远处的湖面上,阵阵涟漪眩晕一般散去。忽然想起了那天进手术室前的一些场景，整个人静静地平躺在手术车上，车子无声地在过道里滑行着，眼前闪过的是洁白的天花板和甬道两边如水的晶莹灯光，那时候心头浮现的就是微风掠过窗外时瞬间的模样。人生如歌，万物静美，这一切值得我们如此地格外珍重！

病房中，几位等待康复的病友正与家人喁喁私语，有慈母的殷殷怜爱、夫妻的默默顾盼、子女的孝心盈盈，多么温馨温暖的画面！不知道是谁的手机，铃声忽然响了，旋律竟然是熟悉的贝多芬的钢琴曲《致爱丽丝》。主人不在，铃声就这样来来回回地荡漾着，温柔恬静，缠绵悱恻，这如霞似水般包蕴着眷眷爱意的乐声，一瞬间浇湿了整间病房，又慢慢地浸过我们的心扉，透过窗棂浇遍了夏日的天空和原野。一切原来如此美好！

天上的银河有多深

日子刚刚入秋,天气渐渐凉爽起来,那些静谧美好的秋夜就是乡村孩子们最欢快的时光了!

月亮慢慢地爬上来,月光静静地洒下,晚风轻柔地滑过,天和地一下子显得朗润空蒙起来,山村纳凉的时光到了。顽皮贪凉的孩子乘着大人唠嗑的时候,一不留神哧溜入水中,水面漾起的柔波宛若溅落的碎玉;稍小一点的就三三两两结伴奔向收割后的田野里,玩起躲猫猫、抓小鸡、扑流萤的游戏;也有胆大的会钻到草垛里掏麻雀、捉斑鸠、套野鸡。当然更多的孩子则会依偎在外婆或者奶奶的身边,一边听有趣的故事,一边好奇地在星斗满天的夜空中,仔细找寻大人们常常挂在嘴边的神仙居住的地方,仿佛玉皇大帝、王母娘娘还有那些天兵天将就在银河里游走,想象着自己什么时候也能上去看一看。脑中冒出的这些奇思妙想像蒿草一样生长着。

日子似水流过,当年的少年已经长大,有的负笈求学,有的出外谋生,大多数人已把他乡当故乡。然而每当明月升起的时候,他们或披衣临窗,或登顶望月,那皎洁的月光抚慰着这些游子的心房,让人禁不住热泪奔涌。在这长久的遥望里,脑海中浮现的还是童年时期欢愉的旧时光,还是那些关于银河、牛郎织女的明澈记忆。只是这时光、这记忆里又多了一些诗意的诠释:"你看那浅浅的天河,定然不甚宽广。我想那隔河的牛郎织女,定能够骑着牛儿来往。我想他们此刻,定然在天街闲游。不信,请看那朵流星,是他们提着灯笼在走。"天上的银河有多深?不仅仅是一个少年对浩渺天际的无限追问,更是一个游子对美好人间的无比怀想!

很庆幸遇到了新时代,科技高度发达,人们古老的巡天梦,插上翅膀变成现实。天上的银河有多深,已经不再成为疑问。20世纪中叶,人造卫星在太空遨游,"东方红,太阳升"的旋律犹在耳畔,仿佛只是一夜间,就迎来了"航天时代"。宇宙飞船、空间站、深空探测,载人飞行、太空行走、空间实验,让人目不暇接,中国人的"航天梦"伴随着"小康梦"一起阔步走到了身边,许多神话变成了百姓的赏心乐事。不经意间,风举千荷绿,莲动万里香的莲子说不定是太空来客;闭门常谢客,诗书伴香茗,捧在手中的也许就是能让开水立马变温的太空魔杯;"晚来天欲雪,能饮一杯无",那满桌佳肴中的青椒、甜瓜、番茄、西瓜、豇豆、萝卜,怕都是从西王母的菜园子里摘来的吧；玉兔捣药事，人间亦可闻，玉皇大帝的不老灵丹已唾手可得！空间技术成果已经造福于人们生产生活的方方面面，让我们的日子变得斑斓多彩、妙趣横生。宁静的夜晚，当我们还像儿时一样翘首凝望时，眼前摇曳的或许是暗物质卫星"悟空"，它正在探测"黑洞"的奥秘。那快速掠过的或许是实验卫星"墨子"，它正在开启人类空间尺度上的量子科学实验。还有那"天宫""嫦娥""天问"，排着队一样向我们颔首致意，让这漫天的星河瞬间充盈着人间的温馨美好。无论昔日的伙伴们如今身在何方，当我们重新约定打开童年湿漉漉的梦想，去"坐地日行八万里，巡天遥看一千河"时，我们的装扮将是令人艳羡的现代神仙模样——头戴"北斗"导航仪，脚踏"风云"探路星，手持"实践"电话，操纵"长征"火箭，长天寥廓，任我翱翔，星汉灿烂，我自逍遥，有什么样的征程不可以走过，有什么样的梦想不可以成真！

二辑 行走

雄浑之美

在陕西大地上行走,无论是徜徉在平畴沃野,还是跌宕在高原峡谷,扑面而来的莫不是雄浑壮阔之美。

一踏上三秦大地,十三朝古都的朝风暮雨,便浸透了你行走的每一寸时光。无论是流连于秦砖汉瓦,还是踯躅在唐宫宋阙,也不管是行吟着灞桥烟柳,还是彳亍于廊坊人家,在铺天盖地的历史遗存面前,文明的浩荡之风恰如鸿篇巨制。在秦陵,我们屏息而立,会为八千兵俑的森然阵列所震撼;在明城墙,我们逶迤而行,也会为这座绵延 15 公里的庞大城垣而震惊；在大雁塔，我们引颈长望，会为其穿越千年不倒、历经无数劫难仍傲然挺立的雄姿所惊叹；在西安碑林，我们聚神凝眸，更会为浩如烟海、琳琅满目的文化瑰宝所痴迷……行行复行行，长安、蓝田、灞桥、临潼、咸阳，这些浸透了中华五千年历史风雨，包蕴了华夏民族血脉气韵的闪光的名字，依次呈现在我们的眼前，一个个举目可见触手可及，如此亲近如此真切地让我们感知到历史巨人的温暖气息吐纳在我们身旁，奔腾的文明潮水汩汩冲刷过我们的身心。这种酣畅之美，让我们的灵魂升腾涅槃，趣味无限！

如果说渭河的和风暖日孕育了八百里秦川的泱泱文明，那么从故都西安出发，沿包茂高速北行，就会惊奇地发现另外一种雄浑之美，一种深入骨髓的阳刚之美。当我们还沉浸在关中平原的丰硕富足和宏阔历史中时，这种惊心动魄的美已横无际涯地铺陈在眼前。车一过三原县境，原本一马平川的大地在这里犹如狂飙卷起，那道道山梁、条条深涧，像银蛇起舞，似烈马奔腾，这千山万壑的齐舞势如决堤的怒涛，暴烈的雷霆，猝然炸响，一泻千里。这狂飙奋进的力量经三原、过黄陵、走洛川、赴宜川，向北，向北，在黄土高原上狂奔疾走，把厚达千尺的黄土地撕成峁、断成梁、碎成塬，成就了峰峦如聚、波涛如怒、表里山河的壮阔图景。这冲破一切的力量，终于在晋陕边际的黄河壶口瀑布得到了强烈的回应。

秦晋大峡谷的南端，吕梁山和黄龙山麓，被誉为"世界最大黄色瀑布"的黄河壶口瀑布就喧嚣于此。从孟门溯流而上，只见一泓黄水，开山破岩，在宽阔的河床上撕开一道深沟，造就了"十里龙槽"的奇观。湍急的河水在三十多米深的槽底，奋力冲刷着两岸的石壁，发出沉闷的轰响，亿万斯年，经久难灭。而四起的危崖和丛生的峭壁，又彰显了它桀骜不驯、奔腾不息的气魄神韵。红的岩，黄的河，奔腾的律动，干云的风骨,这不就是黄河生命原色的绝妙写真吗?这也是黄河得以成为中华民族母亲河的最生动的注脚!

放眼壶口瀑布,唯见长天寥廓,大河奔流,风鼓浪涌,浩浩荡荡。"九曲黄河万里沙,浪淘风簸自天涯。"及至眼前,水面一下子从三百多米宽收窄为五十余米,大水拥挤着、层积着、冲撞着、翻滚着,仿佛被仙人执壶扬波,从几十米高的崖壁上一泻而下,发出惊天动地的山呼海啸般的轰鸣,极为壮观。再细看这"壶口"处,湍流激起的水雾,腾空而起,恰似从水底冒出的滚滚浓烟。阳光透过雨帘,折射出道道霓虹,有的似长龙戏水,有的像彩桥飞架,更多的是花团锦簇般的赏心悦目。雄浑和阴柔如此和谐地交织在壶口。千百年来,壶口瀑布咆哮奔腾的雄姿已然成为中华民族不屈不挠精神的代名词。

这种精神,支撑着中华民族于存亡绝续中薪火相传,激奋着中华民族从血泊中站起、与失败作抗争，召唤着这个民族从荆棘中开路、从蒙昧中找寻希望。在延安，我终于找到了这种精神的现实答案。

初到延安，这里的一切是如此亲切又陌生，宝塔山葱茏，延河水清澈。路过南泥湾的时候，那从路边一直铺展到远山的水稻田，秧苗正处于孕穗拔节期，微风吹过，一波又一波的绿浪像海面上激起的层层浪花，与远山近岭的绿色交融在一起，真正的"荡胸生层云"。这一切哪里还能找得到印象中延安的影子！八十多年前，当中央红军结束长征，把革命的大本营建立在这里时，那是一种怎样艰难的情形！环境的颓败、衰朽、赤贫、寂灭，并没有摧毁这支劳师远征的饥疲之师。无数的人在不禁发问：这山沟沟里的星火如何成就燎原之势？延安为什么会成为"中国革命的希望"？

带着这个疑问，我行走在这片黄土地上，努力追寻斑驳的历史遗痕。我在杨家岭漫步，走过巨石垒起的中央大礼堂、半山坡上的排排窑洞，这里处处透着的简陋粗朴、艰难困苦，感动着每一位行人。正是这里见证了革命领袖们推动历史进程的一个又一个重大决策：百团大战、精兵简政、大生产运动；一次又一次擘画未来的重要会议：延安文艺座谈会、中共六届七中全会、中共七大；一篇又一篇彪炳史册的光辉著作：《整顿党的作风》《新民主主义论》《愚公移山》……这张张破旧的办公桌、盏盏异样的煤油灯、间间晦暗的旧窑洞，似乎在向人们诉说着一个共同的故事：唯有中国共产党人才能创造的历史传奇。他们穿破衣、睡土炕、尝百苦，却敢说一切反动派都是纸老虎；他们传真理、唤民众、救危亡，誓言要为人民服务；他们舍生死、赴疆场、求解放，立志要将革命进行到底！他们理想高于天，意志坚如铁，这冲天豪情和不灭斗志难道不是他们决胜的终极密码？无论是在枣园、王家坪，还是在其他众多的遗迹中，我都发现了这样一个共同的密码。

"东方红，太阳升，中国出了个毛泽东"，在延安的大街小巷，处处都能够听到陕北民歌那高亢激越的旋律，都能够看到安塞腰鼓那激情迸发的场景，每每让人热血沸腾、热泪盈眶。这发自心底的本能怒吼，不正是中华民族生生不息的血脉在奔涌吗？不正是一代又一代共产党人奋力抒写的华彩乐章吗？在西安，在壶口，在延安，我终于触摸到了千真万确的雄浑之美！

行走在红色的故乡

坐落于皖江腹地的革命老区红庙镇,是无为市西北方向的一个山区乡镇。这里丘陵密布,山环水绕,是当年皖江革命根据地的核心区,是新四军七师师部所在地。随处可见的革命战争年代的历史遗存,使其成为独特的红色历史文化集中区域。最近几年,红庙镇围绕红色文化做旅游文章,发挥当地的山水田园林资源优势,红色搭台,绿色唱戏,大力发展生态旅游和现代观光农业,擦亮"芳华红庙,红色记忆"品牌,走出一条农文旅融合发展的新路子,成为安徽省首批

"旅游特色名镇"，红色三水涧风景区成为国家**AAAA**级旅游景区。

深秋季节，我们从合肥市区出发，驱车沿着京台高速向南再转沪武高速前行，约一个半小时后进入红庙镇境内。沿途只见山含秋色，葱翠斑斓，绿水澄碧，浮光倒影。大地铺金，翻动着黄澄澄的稻浪；竹木参差，掩映着一幢幢白色的小楼；鸡鸣犬吠，透出了山乡特有的静谧和安然。

一下高速我们就来到了红色三水涧中心景区。在游客接待中心停好车后，我们沿着景区平坦幽静的道路，徒步缓行。整个景区6.8平方千米，旅游资源丰富，由新四军七师纪念馆、白棠湖度假区、师部旧址、美好乡村涧边村、万亩花卉基地和迎山寺六部分组成，融红色旅游、绿色度假、生态休闲、民俗体验为一体，每年接待游客几十万人次，是远近闻名的网红打卡地和旅游目的地。进入景区，只见道路两旁的田野里，栽种着大片的果木和经济林，远近可见一排排新颖别致的民居和漂亮的村庄。虽然已经进入深秋，但是远山近岭依然蓊蓊郁郁。山坡上，菊花盛开如同火焰；山涧里，流泉飞瀑溪水婉转。景区内道路四通八达，旅游设施一应俱全。我们首先来到山脚下的美好乡村涧边村，这是一个有着悠久历史的村庄。早在东晋太元中，就是侨置扶阳县治所在地，历经南朝宋、齐、梁代，近百年的历史被《旧唐书》等典籍记录。20世纪40年代，"皖南事变"后重建的新四军，把七师师部也建在了涧边村。现在经过建设，它已经成为省级"美丽宜居村庄"和"乡村旅游示范村"。漫步村中，处处可见粉墙黛瓦，绿水环绕，宛如江南人家。那些墙面上的涂鸦，再现了七师儿女往日战斗生活的生动场景，富有浓郁的田园意趣。沿着涧水修筑的游步道，回廊曲折，路边亭台和劳动场景的雕塑，让人雅兴顿生，流连忘返。建于村头的七师师部旧址，七间茅草平房，虽历经八十多年风雨沧桑，依然保持着当年的模样。院子里七师政委曾希圣亲手嫁接的三棵棠梨树，已然亭亭玉立，华盖参天。从这里到纪念馆，修建了一条将军大道，沿着这条道路漫步，引人注目的是道路两旁矗立的从七师成长起来的25位将军的半身铜像，铭牌上镌刻着将军们的光荣经历。我们一边行走，一边向共和国的功臣们行注目礼。在半山坡，我们拜谒了七师纪念馆。纪念馆占地2万多平方米，馆名由迟浩田同志题写，是安徽省领导干部党史教育基地和爱国主义教育基地。20世纪40年代，从"皖南事变"血泊中诞生的新四军七师扎根三水涧，创建了皖江抗日根据地。整个展陈运用声、光、电等技术，再现了七师成立、发展、壮大的历程，以及皖江革命根据地的基本情况。面对丰富的馆藏文物，先烈们的事迹深深感动着我们。步入山岭上的烈士陵园，迎面耸立的是高达15米的烈士纪念塔，塔周围的苍松翠柏中，静静安卧着七师参谋长李志高等烈士，一旁的"忠魂亭"似在抚慰烈士的英灵。整个陵园静谧、肃穆、庄严，人们无声地参观，默默地缅怀。离开烈士陵园，我们信步走进抗大十分校校园。校区是按照当年的模样复建的。目睹一间间简陋的教室和学员房，眼前又浮现出七师健儿们学习生活的场景，心中涌起阵阵热潮。七师在三水涧的深山里还留有医院、兵工厂、造币厂、新华社皖中分社及大江报社等旧址。七师发行的"大江币"成为当时重要的货币，活跃和推动了皖中以及华中抗日根据地经济的发展，为加快革命胜利立下了汗马功劳。镇里将逐步恢复重建这些红色景点，并向游客开放，让大家全面领略皖江抗日根据地的历史风貌，接受革命传统教育。

红庙镇是个传统的农业地区，花渡河和永安河流经区域内，不仅给农业生产提供了稳定充足的灌溉水源，而且造就了广袤无垠的良田沃壤。但是由于过去观念落后，生产方式一直非常单一，农民只知道种些水稻、小麦、蔬菜，长期发展不起来，处于落后地位。然而这次我们看到的却是不一样的景象，广袤的田野上，一个个农场、一处处园区里，栽种着菊花、牡丹、蝴蝶兰、蓝莓和山核桃等经济作物，黄澄澄、绿油油、清凌凌，五彩斑斓，如同一个大花园。那些留守老人、妇女和返乡务工人员或在田地里采摘菊花、管理作物，或在车间加工产品、穿梭忙碌。这些村民年龄大的85岁，年轻的也有40多岁，因为不限工时，来去自由，所以他们在照顾好家庭的同时，空余时间都用来务工挣钱，每天有100多元的收入。看到他们满面舒心畅意的笑容，我们的心里也甜甜的。

一个落后的老区，要找到一条合适的发展路子，并非一件容易的事情。为此镇里向群众要答案，向市场要答案，向实际要答案，终于理出了"红为魂、绿为根、水为韵、人为本"的发展理念，在红色文化、苗木花卉、精品水果、休闲观光产业上做文章，培育"农副产品加工为主，集商贸及旅游于一体"的旅游文化新业态。路子找到了，还需要借助外力，于是当地大力开展"双招双引"，把本地在外面创业成功人士招引回来共谋发展。我们走访的两家企业就是例子。在安徽海舜生态农业有限公司的成品仓库，我们看到了包装精美的众多菊花产品。这些质优价美的产品具有广阔的市场前景，除了销往上海、浙江等地外，园区还开辟了网上销售渠道，利用直播带货等形式拓展市场，使身在山乡的菊花能够远赴各地造福人们。在紫约农业科技有限公司参观，眼前是一望无际的蓝莓标准化种植基地，2000多亩蓝莓，全部实现了土肥一体化自动浇灌，其中有50多亩地建起了漂亮结实的温室塑钢大棚，是首个实现全年连续10个月鲜果采摘的企业。公司年净利润超5000万元。附近还建有荷花园区、百合园区、蝴蝶兰园区、精品苗木园区。这些园区和革命老区的红色文化纪念地，共同构成了农文旅浑然一体的国家AAAA级旅游景区，吸纳了大量的村民和社会富余劳动力就业，盘活了一方资源，带富了一方百姓。

一花引来万花香。红庙镇利用红色三水涧景区产生的"蝴蝶效应"，在全镇谋划推进开展全域游。聘请专家，科学规划，把镇域80多平方千米土地划成三个功能区，布局不同的产业带。在初见雏形的产业带走访，我们明显感到决策者的独具匠心。

东部生态观光农业产业带，集中发展现代观光农业林业，依托山地造林、生态水库修复、生态农业项目等建设契机，连点成片建设江老水库生态园、正岗生态农业园和迎山万亩珍贵花卉基地；西南部高效农业产业带，大力实施农业综合开发，集中整治沟、渠、田、林、路，建设4.3万亩高标准农田，投资1400万元改造乡村道路，投资2850万元对40余千米引水渠道清淤清障加固提升，形成"渠相通、路相连、树成行、田成方"的现代农业体系，打造成高效农业示范片区；西北部休闲旅游度假产业带，着力打造"规模产业+红色文化+乡村旅游"特色项目，陆续建设"七师记忆"、红舜度假区、搏润农业、稻虾共养区等，融红色文化、绿色生态、现代观光农业等元素为一体，建成三产融合示范带。为切实推动产业带建设，镇里凝聚各方力量，全方位构建优化发展环境，营造浓郁的建设氛围。强化美丽乡村建设，把乡村建成"生态美、村容美、庭院美、生活美、乡风美"民风淳朴、宜居宜游的和美乡村。突出人居环境整治，全域推进生活垃圾治理与人居环境改善融合发展，组建三级网格体系，综合治理大气污染和秸秆焚烧，加大对散乱污企业、项目建设、油烟直排餐饮场所等重点污染源的整改。修复退化林地，巩固退耕还林，道路绿化补植林木40多千米，新造抚育800余亩林地面积。开展美丽城镇行动，整治镇容镇貌，提升环境质量。创造性践行"枫桥经验"，配备专职网格员256名，完善综合网格治理体系，建设"平安红庙"。兴办省级农民田间学校和生态家庭农场，传授最新的农业科技知识，培训近百名农村致富能手，强调了稻虾共养、养生医药等先进的生产经营理念。发展新的文化业态，文化搭台，经济唱戏，举办"荷韵飘香，大美红庙"荷花旅游节，"红庙寻红，芳华红庙"花卉节，文化、科技、卫生下乡、传统庙会等节庆活动，打造富有本土特色的旅游文化品牌，合力唱响家乡美、家乡富、家乡好的农村赞歌，走出一条新时代山乡巨变的康庄大道。

遥远的苗乡

苗乡在哪里？在那遥远的苗寨。苗寨在哪里？在苗家精致而高矗的吊脚楼上，在通红的炉火边飘香的炊烟里，在银光闪闪的少女们的花衣裙上，在苗乡汉子盛满热情的小小背篓里，在大山之外远天之涯……

看苗乡去——怀揣着领略多彩民族风情的愿望，我们踏上了寻梦西江千户苗寨的"文化苦旅"。

天露微曦，我们就从贵阳出发，跋涉了两个多小时，才抵达黔东南第一大山——雷公山。贵州山多，自古地无三尺平，行路之难非身临其境是难以感受的。车行驶在盘山公路上，曲折周旋，临渊侧壁，如同蚁走。好在我们的驾驶员和车子都是"双料保险"，在费尽周章提心吊胆地登上雷公山顶后，大伙儿有一种劫后余生的感觉，不约而同地下车放松。极目眺望，青山如螺，碧水似带，盘山路犹如苗家少女细细的眉毛。远处、近处，入眼的都是不知名的绿色植物，微风吹过，婆娑起舞，在正午的阳光下，散发出阵阵草木香。从出发地到这里，直线距离仅百十公里，我们却奔波了五个多小时，等赶到西江千户苗寨，已是午后时分了。

徜徉在有着六百多年历史，用麻石和青石拼成的苗寨古道上，时光仿佛发生了穿越。两旁饱经沧桑的各式建筑，经岁月的烟熏火燎，烙下了斑驳厚重的历史印记，而林立其间的商铺，此起彼伏的小贩叫卖声，又给这条古老的街道增添了盛世的繁华。导游殷勤而甜美的解说，为我们揭开了苗寨苗族的神秘面纱……

这是一个有着悠远历史的民族，苗民的历史其实就是一部苦难的迁徙史。五千多年前，生活于中原地区的蚩尤部落相传就是苗民的祖先，由于子民们生性强悍，部落被赋予"蛮"的称号。历史上的苗族经历了五次大迁徙，每次迁徙都伴随着血与火的惨烈战争，以及随之而来的人口锐减。黄帝大战蚩尤、共工怒触不周山等神话都是对这些故事的记录。流落的苗民们"朝着南风吹来的地方"一步步迁徙，"朝着太阳落坡的地方"一天天逃遁，或躲进深山大岭，或流落日本、东南亚，苗歌《跋山涉水》就是最好的历史明证。西江千户苗寨的苗民就是大迁徙队伍中的一支，这个有着1500多户5000多人聚居的村寨，是目前世界上已知的最大苗寨。清澈的白水河穿寨而过，依山而建的幢幢吊脚楼，层层叠叠掩映在成片的红枫林中，恍如仙境。延续千年不变的刀耕火种，寨外梯田里稻菽扬波，原生态、纯自然成为苗寨独有的品牌。抬眼望去"暧暧远人村,依依墟里烟。狗吠深巷中,鸡鸣桑树颠",一幅怡然自得的田园画卷活生生地展现在人们面前。随着中国第一个少数民族博物馆——西江千户苗寨馆的建成,苗族的历史有了全景式的展示平台,带动了旅游业的兴起,苗乡热起来了,苗民的历史从此改写。

这是一个有着不死精神的民族。王朝文先生曾经说过"苗族是从来不相信眼泪的",在苗寨短暂停留中,我对此有了深切的体会。苗民具有强烈的自我认同意识和坚忍不拔的意志,在漫长的五千年血雨腥风的历史中,他们数次灭国,或沦为奴隶,或辗转于深山老林中,仅有清一代,朝廷就对苗族进行了不下十次的征剿,一次次起义,一次次失败,这是一个从血泊中站立起来的民族。无论遭遇多么悲惨的境地,他们都能牢牢地团结在一起,抵御灾难,同舟共济。谦恭、踏实、刻苦、耐劳、自信、强悍,是他们的民族精神的绝好注脚。没有这种精神,很难想象那些避落深山、散居荒境的苗户,是如何战胜自然,度过时日的。正是有了这种精神,苗族才得以薪火相传,绵延数千年而不绝。每念及此,人们对这个民族的敬佩之情油然而生。

这是一个有着瑰丽文化的民族。苗人一般懂两种语言,一种是用于本民族之间交流的苗语,一种是与外界交流的普通话。可惜苗语的文字失传了,只在银饰上的纹路中保留了若干符号。银饰是苗人身份的象征,我们的导游是个端庄的苗家姑娘,盛装的她,满身的银饰随着扭动的腰身,哗哗作响,华美而典雅。那一身蜡染的衣裙,涡状纹、波浪纹、菱形图案有规则地点缀其上,做工极为考究精湛,举手投足间透出浓郁的民族风情。听说苗族民歌别有余韵,我们盛邀导游一展歌喉,她大方地边舞边唱了一首《劝酒歌》,那起调的一声"阿哥哎——"似蜜一样洒进大家的心田,似珍珠般洒落山间。苗族的节庆日很多，爬山节、开秧门节、杀鱼节，这些都与生产生活息息相关，每逢节日，青年男女盛装歌舞，也是他们谈情说爱的极好机会。随着生活条件的改善，如今的苗乡，已经天天是节日，在国家民族政策的扶持下，往日封闭的苗家儿女已走出家乡，走出大山，融入沸腾的祖国大家庭的生活激流中去了，浓浓的现代化气息已在古寨村头澎湃荡漾了。

漫步在寨头风雨桥上，看白水河静静流淌，夕阳下的苗寨，如油画般，她秀美的倩影，一帧又一帧地在脑海中反复叠印，是这样挥之不去，是这样令人徘徊流连。

呵，美丽的苗乡！……

我们一起去遵义

我们一起去遵义，领略古城千年风雨不褪的美丽色彩，感受历史天空下波澜壮阔的迤逦画卷。在这里，眼触手摸的都是一页页翻开的历史，能不令人怦然心动、心驰神往?！瞻仰中国革命的转折点、中国共产党涅槃重生的圣地，谁不怀着深深的敬意?！去遵义，在滚滚的车轮声中，在满车的笑语喧哗里，在深深的期待深情的凝望中……

车出贵阳城，沿着高速向北疾驰，扑面而来的都是连绵不尽的群山和湖泊，典型的喀斯特地貌尽收眼底。贵遵高速就在群山和湖泊间穿行，令人惊叹的是，那碧螺似的青山就那样一座一座屹立在澄明清澈的水中，山与水就这样倾情地依恋着，山水之间，桥梁连着桥梁，隧道挨着隧道，行走其中着实感受到山山水水的温情和浪漫。在这崇山碧潭间建起这样快捷通畅的道路，让人不得不惊叹建设者的巧夺天工，又不得不感叹大自然的雄奇与壮美。一路行来，快到遵义的时候，地势才渐渐平坦，藏在青山绿水间的一小片一小片农田难得地现出了它们稀罕的身影。

两个小时的奔波，到遵义市区的时候，还是早晨，太阳刚刚爬上山岗，山城才睁开它惺忪的睡眼，一切都是新鲜的。稀疏的早起的行人，三家两家开着门的店铺，掩映在绿树浓荫中的宽敞整洁的街道，这里平静祥和、安逸温馨的氛围立刻感染了我们。

遵义古称"播州"，它的历史几乎与中国历史等长。它僻处祖国西南，历来就是北去重庆、成都，南去贵阳、昆明的孔道，是黔北重镇。步入市区，湘江犹如玉带，把遵义城分成新老不同的两个城区。漫步湘江岸边，沿着老城区，道路两旁触目可见的都是革命遗迹，真不愧为一座英雄的城市、一座革命历史名城！我们一行人，绝大部分都是从事青少年思想政治教育工作的，见到这些革命历史珍宝，迷恋之情溢于言表。跟着导游，我们首先来到遵义会议纪念馆，在毛主席手书的"遵义会议会址"大幅匾额下，出于崇仰，我们自觉地排队献礼，合影留念。细看会址，整个建筑分成主楼和跨院两部分，主楼两层坐北朝南，为典型的中西合璧的砖木结构，歇山式屋顶覆盖着小青瓦，门禁森严，颇有气势。进入大门，穿越过厅，迎面是一座砖砌山水花鸟牌坊，顶额正反两面分别镶嵌着"慰庐""慎独"几个字，造型别致，显出了能工巧匠的智慧。导游告诉我们，这里原是黔军第二师师长柏辉章的旧宅，红军攻下遵义城后，成了总司令部机关所在地,著名的遵义会议就是在主楼靠东的那间房子里召开的。进入房间,只见桌椅仍按原来会议的式样摆放着,几条长桌拼在一起算是主会桌,四边是一溜摆开的长凳,还有几把椅子摆在离桌子远一点的地方,一看就是个临时收拾的场所,仓促而简陋。这次会议是在中央红军遭受第五次反"围剿"失败,又迭遭湘江战役等一系列失败后召开的,围绕"红军向何处去",参会者争论得尤为激烈。凝视着这间不大的会议室,一个个历史人物又在眼前鲜活起来:周恩来的临阵果敢,毛泽东的智慧沉着,朱德的掷地有声,张闻天的针锋相对,王稼祥的疾言厉色……争论的结果,毛泽东的正确主张得到了政治局绝大多数同志的赞同,"左"倾路线得到纠正,红军得以生存、发展下去,中国革命从此走上了一条健康的道路。遵义会议的民主作风和实事求是精神成为我们党的宝贵财富。行文至此,我不禁想起了党史对遵义会议的经典评价:遵义会议重新确立了毛泽东同志在党和红军的领导地位，挽救了红军，挽救了党，挽救了中国革命……以这次会议为标志，党和红军渡过了生死攸关的转折点。遵义会议后，中央红军在毛泽东的指挥下，四渡赤水，巧渡金沙江，强渡大渡河，飞夺泸定桥，爬雪山、过草地，突破天险腊子口，翻越六盘山，于1935年10月19日胜利抵达陕北吴起镇，实现了跨越二万五千里的战略大转移，共产党人书写了人类历史的辉煌篇章。如果说长征是一部伟大的史诗，那么遵义会议就是这部史诗中最扣人心弦的雄浑乐章！

步出会址，大家又参观了遵义会议陈列馆。整个展陈以红军长征为背景，以遵义会议为核心展示内容，在现代声、光、电等科技手段的辅助下，透过这一双双破烂的草鞋、一根根磨损的拐杖、一件件褴褛的衣衫，我们领略了红军长征的艰难困苦；透过这整齐的队列、飒爽的英姿、前仆后继的身影，我们又看到了红军英雄之师、胜利之师的迷人风采。一张张图片、一件件实物，强烈地撞击着我们的心灵，一种被感染、被唤起的英雄豪情，仿佛让人置身在红军的铁流之中，策马扬鞭，扫清玉宇，心绪久久难以平静。

参观完纪念馆，我们又踏上了与之毗邻的红军街。一条青石板路，两旁错落有致地排列着一幢又一幢古色古香的建筑，犹如身临那些远去的年代。这些带有强烈地域文化特征的建筑物，又让人脑海中不禁浮现出先人们胼手胝足、乐天安命的生活情境来。毛泽东遗物展和红军标语墙就在这条街上，我们依次拜谒。毛泽东的遗物被布置成一条参观长廊，遗物都是些日常用品，绝大多数都能在寻常百姓家中寻到踪迹，一件件展品看似寻常又弥足珍贵。一件睡衣尤为夺人眼目，这是一件打了六十二个补丁的普通棉质睡衣，它伴随着共和国领袖度过了数十个春夏秋冬。凝视着这件睡衣，我们深切地感受到了伟人的朴实、节俭、平民情怀与异于常人的人格魅力。不禁想起了这样一件事,一个时期以来,所谓"公知""学者""精英人士",以散布西方价值观为己任,可着劲地"非毛",诋毁毛泽东,抹黑领袖,大搞历史虚无主义,有的甚至沦为数典忘祖的"汉奸文人""民族败类",在这样的展览面前,他们真的要羞耻三生!历史是不能忘记的,中华民族的光辉历史正是这样伟大的领袖率领伟大的人民创造的,他们是历史和民族的脊梁。

　　行程结束了,归途的大巴上,山城美丽精致的倩影从窗前缓缓流过。在依依惜别的浓情里,我们陷入了沉思:如果没有遵义会议,中国的今天会是一个什么样子?中国革命会唤起亿万万劳苦大众建立人民的政权吗?今日之中国还能这样意气风发地屹立于世界民族之林吗?中国道路、中国思维会如此被世界所推崇所追随吗?沉思之余不能不由衷地感到,小小遵义城真是为历史为人类立下了卓越的功劳!

　　大巴车出城了,隔着窗玻璃,我们远眺道路

的两旁,这儿一簇,那儿一丛,开满了不知名的黄的、红的花儿,在阳光下忽闪忽闪放出烂漫的光芒,仿佛是先烈们不死的英灵,在风中含笑。桥下,千年乌江水静静地流淌着,已没有了往日的呼啸奔腾。硝烟散尽,历史不会再重写了,新时代在人民领袖习近平的领导下,中华民族正昂首阔步行进在民族复兴的康庄大道上!

  谨以此文献给中华人民共和国成立 70 周年,愿新中国这艘航船在新时代开得更快些、更稳些!

朝圣的脚步

早就想来到这里！鹞落坪——曾经回响抗争的呐喊，奔涌生命的狂涛，流淌血与火诗篇的地方！多少次萌动拜谒的念头，魂牵梦萦，醒来不能忘怀的地方！只是怕这匆匆的脚步会踏破这里别样的宁静，惊醒大山一样沉睡中的英灵。当我们在崇敬中终于走近它，我们感受到了怎样的灵魂震颤，初心照耀！

仲夏六月，风正含情，草木葳蕤。鹞落坪的天空如此湛蓝，蓝得透明而空灵，鹞落坪的大地如此纯绿，绿得鲜亮而雄浑。久久徜徉在红二十八军军政旧址、展陈馆和纪念广场，目睹硝烟浸透的件件文物、烽火燎痕的处处遗存，回望络绎不绝、四方来归的虔诚访者，寻寻觅觅，依稀当年峥嵘岁月。

翻开尘封的记忆，80多年前，当这支英雄的部队从一个叫凉亭坳的小山村横空而出时，这面与反动势力浴血征战的革命旗帜就在鹞落坪上空高高扬起，充满传奇色彩的历史从此迎风舒展开来。大旗下会聚了一批志士，是红四方面军和红二十五军相继长征后，鄂豫皖苏区仅存的革命火种，"军叫二十八军，领头人是高敬亭"。严冬酷寒中的老区人民深切地感受到了这团熊熊烈火带来的温暖与希望。敌人的反复"围剿"、残酷屠杀，难以想象的艰难困苦，没有吓倒他们。白马尖上，燕子河边，是他们沐风栉雨，爬冰卧雪战斗的身影，密林深处，坪坝寨头，有他们披肝沥胆，抛颅洒血搏击的雄姿，大别山中到处留下了他们与敌人抗争的身影，一双赤脚，一个饭团，一只破碗，一堆弹壳，是他们真实生活的写照。山水阻隔，音信不通，与外界和党的联系中断，他们硬是凭着对党的忠诚，对劳苦大众解放事业的忠贞，坚持下去，发展起来。从1935年到1937年三年间，红二十八军牵制抗击了国民党军队17万多人的"清剿"，在敌人东北军、西北军和众多地方部队的夹击中竟然壮大成近4000人的主力部队，成为鄂豫皖苏区一支革命劲旅。历经战火淬炼的红二十八军军旗始终在鹞落坪上空猎猎生辉。这不能不说是一个奇迹！

展陈馆里，张张照片，件件遗物，生动地讲述着红军当年"天当房，地当床，稻草当棉被，野果当食粮，红军都是英雄汉，战士越战越坚强"的感人故事。

一个普通的竹篮，两只斑驳的陶碗，记录了当年一对年轻的山民夫妇，冒着生命危险精心照料红军三位伤病员的感人故事。共和国中将、被毛泽东称为"游击专家"的林维先就是其中一位。数九寒天，山民夫妇带着孩子睡到地铺，把仅有的一张木床让给伤员休息养伤。为躲避敌人搜捕，他们经常要背着伤员一个山洞又一个山洞地转移，仅有的一点粮食让给伤员吃，自己挖野菜摘野果果腹，找不到药品，就上山采来草药熬成汤剂，帮助伤员清洗伤口，从死神手里夺回了战士的生命。大别山的老百姓把照顾红军帮助红军当成了生活中的一部分，像打理自家庄稼一样自觉自然，饱含情谊。

展台上的几枚铜币数张欠条，印证了红军纪律严明，对人民群众秋毫无犯的高度觉悟。这是人民军队与腐朽的旧军队的本质区别，也是决定人心向背的根本因素。红军没有后勤，没有财政，生存和作战靠的就是人民群众的支持，因此每到一处，就与人民群众打成一片：宿营了，帮助房东把庭院打扫得干干净净，缸里挑满了水，灶后堆满了柴；部队开拔了，吃了用了老百姓的，一律付钱，就连行军途中到老百姓家烧点热水解渴也要按价付账，事后"红色士兵委员会"还要督促检查。大别山区兵燹连年，老百姓"跑反"成风，但见到红军的队伍，却像遇见亲人一样，在敌人面前，大姑娘小媳妇经常把红军认作丈夫，争先恐后地在敌人面前"打埋伏"，昵称红军是"红福"，是为穷苦人送福的队伍。试想这样一支队伍，无论怎样弱小，有了人民的深情眷爱，还有什么力量能够战胜呢?! 军部旧址前，生长着一棵硕大的白果树，这也是一棵连理树，人们亲切地称之为"军民同心树"。它形象地告诉人们，没有鹞落坪人民的无私奉献就没有红二十八军的胜利，没有红二十八军的勇敢战斗，同样没有鹞落坪人民今天的安宁幸福。

会议室里的一盏老式煤油灯、几把豁了牙的茶壶，陪伴红二十八军将领们度过了多少个不眠之夜。三年游击战争中，红军为摆脱敌人"围剿"，行踪飘忽，或出鄂东北，跨平汉铁路，或战蕲春、黄梅、广济、黄冈平原，远征豫南和桐柏山区，转战鄂、豫、皖三省边区各县。红军每到一处，无论是老区还是新区，一边作战，一边在战斗间隙召开会议，总结经验得失，适时制定和修正战略方针。红军在什么时候都不会忘了党的建设，经过恢复、建立和调整，党在皖西、鄂东北、黄冈中心县和商南县等地区建立了较为完备的组织，保持了一定的党员数量，使对敌斗争始终不偏离党的领导。在斗争实践中更进一步地总结出了地方党是根，便衣队是足，有根有足才能坚持游击战争的朴素的战争原理。红二十八军的建党建军思想，时至今日仍然有学习借鉴的意义。

二百多件珍贵的文物，向我们讲述了红二十八军不同历史时期的故事，有些故事看起来是如此细小琐屑，难以引人注目，但它们汇聚起来的却是一支人民军队星火燎原的磅礴伟力，昭示的是军民一家的永恒真理。1937年，国共两党握手休兵，结成了共同抗日的统一战线，红二十八军以南方八省红军游击队主力的身份，被改编成为新四军第四支队，开启了东进抗日的光辉征程……

午后，没有一丝云彩的蓝天，好像倾注着一湾碧水。风涌动着鹞落坪上的万顷林涛，发出山呼海啸般的喧响，犹如红二十八军将士们依然在冲锋陷阵。阳光下的鹞落坪，这山那山，一团团一簇簇，芭茅花开得正旺。这种大别山区最为常见的茅草花，有着发达的根系和强健的生命力，野火烧不尽，大旱干不死，春风一吹，又卓然见绿，拔节生长了，这难道不是红二十八军不死精神的再现吗?! 这又怎么不是我们此番朝圣的诚心所系?!

鹞落坪，我们读懂你了吗？

夜登泰山

神往五岳之首的泰山,由来已久。终于寻着了去泰山脚下出差的机会,怀着虔诚、敬畏的心情,我与几位好友月夜登临泰山,欣赏大自然神奇美景,领略无穷人生的乐趣。

记得动身的头天晚上,我特意在家浏览了几篇有关泰山的文章,知道那是一座神山和人文之山,是历代封建帝王祈天祭地、彰显文武之功的圣地,也是文人雅士参禅怡游、咏物寄志的天堂。如今将临其境,我感到莫名的激奋。

月朗风清,稍作准备,我们一行人从庄严、

典雅的红门拾级而上。山朦胧,月朦胧,夜幕笼罩下的泰山,神秘而安详。登山古道,在月光下如一架飘忽的天梯,伸展到看不见的尽头。远处山道旁寥寥落落或隐或现的行路灯,与天上的星月相映,一下子令人想起了郭沫若的名诗《天上的街市》:"远远的街灯明了,好像闪着无数的明星。天上的明星现了,好像点着无数的街灯。"星月交辉下的我们,有清风做伴,有虫鸣悦耳,大伙儿或吟诗,或唱曲,轻松自在极了。

说实在话,夜走山路,对我们这些在城市生活惯了的人来说是件苦差事。个把小时后,大家就累得气喘吁吁,汗水淋漓。山势越来越高,疲劳和饥困也一阵紧似一阵地向大家袭来。在这静夜,只听到散漫而拖沓的脚步敲打石阶的橐橐声。路上的小石子被脚碰下山去,一路喧响,惊醒夜栖的鸟儿,呼的一声从树梢没入夜色中。

就在我们退意渐生的时候,眼前豁然一亮,面前出现一片开阔地,只见灯火通明,烟雾缭绕，原来路途中的一处说不出名字的景点到了。这是一个既可看景又能休息的地方，一个不大的小客店，摆满了纪念品和各种瓜果小吃，一看就是为徒步行人提供方便的地方。大家欢呼雀跃，各做放松状，或咀嚼或豪饮，完全忘了斯文。休息之后，一行人又精神头十足地往上攀登。不一会儿，中天门已近在咫尺。这时同行的一位惊呼："看，月亮，我们离天不远啦！"大伙一愣，继而哈哈大笑，原来眼睛近视的那一位伙伴竟把中天门上的灯光看成了月亮，于是调侃声和着欢笑声一时间洒满了山谷。

上了中天门，天色微明，许是体力消耗太大的缘故，一部分体弱者分乘缆车上山，年轻力壮者坚持步行。中午11时，两队人马在南天门会合。放眼泰山而小天下，大自然的鬼斧神工深深震撼了我们每一位夜行客，大家或漫步于天街，或擎香于孔庙，或问卦于神灵，或许愿于嘉木，或缘壁而上放飞灵魂，做前无古人后无来者之慨叹！念历史之苍远、生命之渺小、神山之诡秘、人文之厚重，一山一石，一草一木，流连不舍，盘桓再三，夕阳西下，意犹未尽，不舍而返！

是夜，住宿山下酒店，回味登山之路，颇多感慨。古人云：世之奇伟、瑰怪、非常之观，常在于险远。反观人生，道路千回百转，和登山一样的道理，唯有鼓足勇气，战胜困难，生活才会灿烂夺目，生命才会意义长存！

回母校

　　秋日的暖阳将她的光芒无私地洒向大地，葱茏的翠木，如画的原野，镀上了一层金子般的亮色。应母校严桥中学的邀请，我们这些曾经求学于斯、成长于斯的学子纷纷结伴，共同见证母校荣膺市级师范学校这一美好时刻。几回梦回故园，这份情感是无法用语言来表达的。

　　此时此刻，我们满怀深情地回到母校。三十年前，我们从山间、从田野、从城镇、从乡村会聚到这里，吮吸知识的甘泉，汲取生命的养分，这里的每一寸土地，都浸透着我们拼搏的汗水，都洋溢着我们收获的欢乐，我们人生最美好的时光都在这里度过。那时的生活虽然艰辛，但自信的力量和昂扬的斗志却始终在我们心中激荡。三十年来，母校在一代一代严桥中学人的努力下，发生了翻天覆地的变化。严格意义上说，今天的严桥中学已不是昨日的母校，漫步校园之中，已很难寻觅到她过去的身影。如今校舍成排，芳草萋萋，鲜花盛开，气象万千，我们深为母校的发展变化而自豪。虽然我们分散在各个行业,但母校的每一丝变化都牵动着我们的心绪。变化的是校园的点点滴滴,不变的是我们对母校的款款深情。

此时此刻，我们满怀感激地回到母校。不能忘记，多少个寒来暑往，老师们辛勤耕耘、诲人不倦的身影总在眼前浮动；不能忘记，多少个日日夜夜，工友师傅们和师母们对我们生活无微不至的体贴和照顾，这份情谊总是深深地镌刻在我们心田；不能忘记，多少个晨昏流转，同学们团结活泼、焚膏继晷、挑灯夜战、如琢如磨的动人情景一次又一次地在梦中浮现。是老师教给了我们知识，教给了我们做人的道理和成长的本领；是母校成就了我们人生的梦想和事业的成功。每一个受过母校恩泽的校友都会从心里真诚地道一句：辛苦了老师们，谢谢了母校！

此时此刻，我们满怀期待回到母校。母校的发展是一部成功的创业史，她由当初不起眼的农村中学发展壮大成为拥有 30 多间教室、数千名学子的市级示范学校。这部历史，承载着过去的辉煌，更昭示着明天的美好。我们坚信：有这么多甘于奉献、呕心沥血的老师，有这么多精于管理、治校有方的领导，有这么多好学不止、孜孜以求的同学，母校的明天一定会更加灿烂！在这块红土地上，新四军七师的前辈们用枪杆子打下了天下，今天我们也一定会用聪明和智慧去描绘更加绚丽的图画。

斗转星移成逝水，日新月异奏华章。岁月无痕，光辉永存，祝福您——母校！

寻访林散之故里

初夏时节,我们来到千年古镇——乌江,寻访"一代草圣"林散之老人的故里。踏着老人当年走过的小路,我们怀着崇敬的心情,拜谒故居,吟咏诗章,欣赏遗墨,俯拾老人的点滴,沉浸在追忆之中,身心像五月的阳光般清爽而灿烂。

我们到达乌江时已是上午8、9点钟,由于事先有过联系,县里及镇上熟悉和研究林老的几位同志已在等待我们。寒暄过后,话题自然就围绕着散之老人而展开。交谈中得知,林散之的祖居地是和县乌江七棵松,从父辈起就迁居至江苏省江浦县(今南京市江浦区)江家畈。江家畈是老人的出生地。江家畈与乌江仅隔一条窄窄的驷马河,距他的祖居地也不过 3.5 公里的路程。驷马河水养育了林老,驷马河两岸是林老生长的地方。

我们首先寻访七棵松。正是新雨初歇,艳阳正炽,空气中弥漫着甜润的泥土气息,展眼之处皆是新绿丛丛,微风过后,无边的绿色一拨又一拨地荡漾开去。在蜿蜒的小路上跋涉了半小时,我们来到了一个叫松山的地方,听当地的老人讲,这里就是过去的七棵松。七棵松村早已湮没无闻,小小的山岗已成了一片坟地,岗上茂密的树木似在向游人诉说这里往日的繁华。林散之的大伯父,清同治年间镇守雁门三关,被封为建威将军的林成兴死后就葬在这里。可惜"文革"期间,墓被掘毁,荡然无存。静静地立在这片山岗前,一股世事变迁、沧海桑田的巨大力量向我们袭来，惆怅和悲凉之情油然而生。

　　离开七棵松，简单地用了午餐，踏访了林散之老人的三两故旧后，我们就直奔江家畈。车过乌江桥，进入浦口区乌江镇境内，十多分钟后，向右一拐驶上了一条乡间水泥小路。路两旁高大挺拔的水杉和花团锦簇的槐树，构成了一幅看不厌的风景画。路的尽头就是老人故居——江上草堂。草堂坐落在东西绵延数十里的猴山之上，原有的三间草屋建于20世纪20年代初，是老人年轻时涂抹云山、研读诗书的地方。故居门前，立着老人的巨幅雕像。站在雕像下，仰望老人，龙眉凤目，棱角分明的脸上透出睿智刚毅和仙风道骨，慈祥的目光仿佛在与我们做着默默的交流。进入故居，门楣上是赵朴初先生题写的"林散之故居"五个大字和"雄笔映千古，巨川非一港"的对联，字敦厚而浑润，恰如我们对散之老人的深情。故居经过后来陆续扩建，现已有房屋三栋十多间，占地13000多平方米。站在院内，恍如到了世外桃源，远处长江如练，江帆点点，隔岸翠螺山色，郁郁葱葱，园内广植茂林修竹，桃、李、杏等四时佳果，万木扶疏，浓翠欲滴，时作风雨之声，呈烟云之色，这故居本身就是一幅浓墨重彩的画，处身其中，五脏六腑像被水滤过的一样干净。林散之老人深爱这座草堂，曾用工整小楷写了一篇《四时读书乐》，并多次作诗咏之。三间草屋还保持着主人在时的模样，中间是客厅，左边是卧室，右边是书房。卧室里除了简单的卧具，墙上还挂满了老人的字画，书房里笔墨纸砚犹在，似乎在等待着主人回来展纸挥毫，泼墨写意。睹物思人，感慨万千。散之老人能成为"诗、书、画"俱佳的一代奇才，除了先师张栗庵、范培开，大师黄宾虹悉心指导外，与他在草堂"焚膏继晷""留得寒窗夜夜灯"长期苦学苦练是分不开的，他痴迷于诗书画，曾自谓要"大力煎熬八十年"，正是这常人难有的毅力才成就了一代宗师。散之老人在草堂生活了近半个世纪，草堂是培养和孕育林散之艺术成长的摇篮。

挥别江上草堂，我们又来到了浦口林散之纪念馆。在这里我们得以全面领略散之老人艺术成就的全貌。林馆坐落在求雨山文化公园中，规模宏大，占地13000平方米，建筑呈明清园林风格。我们依次参观了碑廊、书院、水榭和介绍老人生平的展厅，这些建筑依山势布局、错落有致，馆藏林散之书画精品400多件，堪称集大成者。虽已近黄昏，馆内仍有不少游人，人们或驻足、或漫步、或吟哦、或玩味，无不表达出对大师的深深景仰。终其一生，林老留下了诗作四十六卷和书画作品数千幅，皇皇巨著，洋洋大观。他曾自谦其诗第一，画次之，书第三，但真正风行海内外的，则首先是老人的书画作品，尤其是草书，不仅独步当代，而且被誉为继王羲之以来又一位"草圣"，其深厚功底更是"登峰造极，炉火纯青"。

离开林馆,结束一天的行程,夕阳西斜,墙边的金银花开得正旺,阵阵幽香扑鼻而来。这幽香来自我们对散之老人的深情追踪,这幽香来自人民对艺术家的深挚爱念,愿这缕幽香千年百年飘香不断!

巍巍西梁山

我不曾登临过泰山,无法享受到拾级而上、直达天堂的快乐,更无法欣赏东天日升的辉煌景象;我也不曾领略过黄山那千奇百怪的风姿:盛情好客的古松秀柏、茫茫云海的腾雾涌波……但是我去过西梁山!请朋友不要笑我。我可以快慰地说,西梁山给我的情愫,给我的思索,可与任何一个游历过祖国名山大川人的自豪心理相比,可与任何一个为祖国浅吟漫唱的文人墨客相提并论。

西梁山,坐落在安徽省和县东南,山不太高

也不太大，它屹立在长江主流与两条支流的交汇处。远看西梁山，傲然挺立，像一卧虎；它的头高高昂起，向着长江，腰身下陷；它的尾部几乎与头部一样粗壮，只是没有盘旋，像被切了一刀，留下了峭拔的悬崖。整个山势，三起三落，并不长，如果有落日相映的话，也许有人会把它当成一头壮实的牛呢！

山势很陡，虽不怎么高，爬上去却让人热汗涔涔。登高望极，楚天万里。四周没有高山，因此矗立山端，颇有点拔地而起的感觉。坦荡的平原，把西梁山衬托得更高，又有点"东岳泰山，天之一柱"的味道。

西梁山东、南、西三面临水，浩浩江流缓缓流过。流经西梁山的三条大水，南面一条为长江主流，北、西各为一条支流。江流混浊，虽不见连天波涌无穷碧，但有一水牵愁，悠悠万里长之感。三江合流之处，壁立一山，面江流，横山峭壁，山不大，如一鳖，又如这三江的一个小小琴码。水击石壁,涛声阵阵,使人疑心,这里会随时弹出一个雄壮的音符、一首刚健的乐曲。那边是西梁山的孪生兄弟——东梁山。在我的意识中,它们正像一对顶天立地的脊梁,东西挺立,遥遥相对,在这大江之上,支撑这沿江的半壁天空。呵,好威武的一对兄弟!无怪乎伟大诗人李白来到这里脱口吟出"天门中断楚江开"这样壮丽的诗句来。

西梁山的西侧,连着一座矮山,我问守山的老翁打听了一下,得知那叫小童山。小童山,好奇怪的名字,也许另有一个美丽的传说吧。也许这山脚下疗养院中那些年过古稀的爷爷、奶奶,会给人说出一个美妙、神奇的故事吧。

是的,这小童山,或许就是传说中一个渔童的化身。在那个久已被湮没的时代,长江上常有水怪兴风作浪,吞人命,生灾殃。一个秋雨绵绵的日子,水怪又来了,它带着凶狠的恶浪,狂暴地冲击着江堤,堤内的数百万生灵眼看就要遭受涂炭，正休憩在江边的小渔童，拿起钢叉，奋勇地和水怪斗了起来，整整三天，打得天昏地暗，最后小渔童拼尽全力把钢叉刺进了水怪的心脏，水怪死了，但渔童也静静地躺在大江的臂弯里了。不久，这里生出了一座土山，承托着渔童的遗体高高地立着。这座山就被人们称作小童山。从此它镇守江边，护卫着身后的土地和人民，流芳千古。东梁山、西梁山，它们的历史是一首悲壮的歌！被人们称作西梁山上安眠的烈士、轻风中高耸的纪念塔，还有西梁山上须发飘飘参加过渡江战役的寿山老翁都证明了这点。

东、西梁山，小童山，每一根草、每一棵树，都染过烈士们的鲜血；每一块石头、每一片土地，都曾留下过烈士的体温；每一方水洼、每一条沟壑，都曾映照过烈士的身影。1949年中国人民解放大军千帆竞渡，彻底摧毁了蒋家王朝，这里也经历了战争的风风雨雨。这三个山头，曾是重要的战略要地，据守着作苟延残喘的挣扎国民党重兵,为牵制住敌人的火力,吸引敌海、陆、空三军力量,掩护我中路大军渡过长江天险,我英勇的人民解放军三野九军团三十军九十师的英雄们,在这里与守敌进行了浴血奋战。敌人凭着山高坡陡,负隅顽抗,勇士们奋力拼杀,炮声连天,枪声震耳,小草为之哭泣,山神为之掩悲,河伯为之放慢脚步,默默地哀吟……突然间,小草化成支支利剑,河伯掀起滔天巨浪,山神烧起熊熊的大火,把国民党这伙吃人的强盗刺穿、湮没,将他们化为尘埃。于是,天开了,山清了,水秀了,月亮献出朵朵素花,太阳捧上缕缕丝线,织成一个金环,佩戴在烈士的脖子上;编出一个花圈,树立在高高的山巅,让那烈士的魂灵放出圣洁的光,让那覆盖烈士的土地开满艳丽的花儿,生长长青的松柏……

一只鸽子飞落在烈士塔顶,咕咕地叫着,不时地向着山上飞檐的亭子、山下整齐的竹篱茅舍,转动着身体。吉祥的鸟儿啊,和平的使者,也许你看着如今山上山下崭新的世界，回顾往日，不停地诉说着今日的幸福、昨日的哀愁，祈祷着明日的安宁。小童山上，倒下烈士的遗体，也留下了和平时期英雄石仁祥的忠骨。小童山，你属于西梁山，却又自成一体，你是昨日的延续，是今日的标志，你综合了昨日与今日的精英，你收留了过去与现在的忠诚。

今日的西梁山，已经是另外一个世界，西梁山勤劳的人民正用他们有力的大手在谱写着历史的新篇章，他们在山下建起一座砖瓦轮窑，取用西梁山脚下的红土烧制的砖瓦已行销全国，名扬中外。如果英烈们九泉之下有知，这轰轰烈烈的建设者前进的足音，仿佛正与当年的轰轰炮声交汇在一起。

肃立在西梁山巅，领略着西梁山壮丽的风光，抚今思昔，那些流传千古的慷慨诗篇，又在我胸中激荡起来，发出强烈的轰鸣。夕阳西下，霞光辉映，江流婉转，江山无限。薄雾弥漫，暮色中的西梁山像一头沉睡的雄狮,风盖过原野,穿过林梢,将遍野的山茅草吹成了绿色的波涛。浩荡的山风,与播放器传出的《幸福不是毛毛雨》的歌声交识,形成和鸣,绵长、曲折、悠扬的韵调,洒落在西梁山的沟沟壑壑。

菖蒲花开

这次与塔畈的相遇，让我对这片土地有了不一样的钟情。当我情不自禁地放慢脚步，去细细打量塔畈秋日的风采时，却邂逅了菖蒲花开的奇异景致。

九月的塔畈，秋意如此地浓郁，层层的山峦和田畴，把秋堆出了仪态万方的身段。这些浑圆的、方正的、苍莽的、柔润的秋，密密匝匝地沿着眼光排列开去，无边无际，遥不可及。秋色如此地斑斓，青山、碧树、绿水、蓝天、白云，把塔畈装点成一个五彩的世界；秋声如此繁复，鸟的欢歌、风的轻吟、水的鸣唱、爱的呢喃，把这片山野营造成了流淌着人间烟火的世外桃源。秋光如此撩人，阳光映射下，一切都朗然透亮，山川草木、粉墙黛瓦，让人有了难以置信的明艳生动的感觉，似乎这缕缕秋光就在眼前跳动、起伏、奔流，把一切都严严实实地笼罩了，痛痛快快地浇透了。

当我身披秋色，踏着秋光，兴冲冲走进塔畈冯冲村这个偏处深山的古村落，推开"蒲居"两扇宽大的门扉，掩在门后的满院风光一下子击中了我，在秋味深沉的季节似乎又嗅到了浓郁的春天气息。

一个小小的院落，却是一个石菖蒲的乾坤世界。一丛丛、一簇簇的石菖蒲，在墙头、檐下、阶上、溪旁、花中、水畔顾盼生姿。那纤纤青翠叶芽，在一个又一个别致精巧的蒲盆中，在野趣的环境下，正任性地展露出清姿丽影，挥洒着似水柔情。或满盆纷披，或欲遮还羞，或潜身苔藓，或怡然自立，万般情状只合风来解语。那些蒲草寄生的石头，看似寻常，却原来也是匠心独运，和精雕细琢的蒲盆，浑然一体，韵味十足。有的造型就是一个微缩的景观世界。那些景语有钓翁渔舟，有古渡凉亭，无不生动活泼，令人心生怜爱，几番玩味便心生难舍。

沉醉中，我忽然有了想急切见识一下"蒲居"主人的强烈愿望！

见到的"蒲居"主人是一个清癯的山乡汉子。一头柔软的短发，五官端庄，面带沉静的微笑，一身对襟衣衫，或许是常年的文化晕染，举手投足间透出淡淡的清雅之气。寒暄之后，他介绍自己是小院的主人凌先生。说起菖蒲，他充分表现出一位"达人"的深厚涵养。

菖蒲与兰花、水仙、菊花贵为"花草四雅"。在典籍中它是一副谦谦君子的模样。《本草·菖蒲》这样推崇它：典术云，尧时天降精于庭为韭，感百阴之气为菖蒲，故曰：尧韭。它生来就这么高贵，如同一个精灵，温香迷离、深情款款地、袅娜地从历史深处走来，一头扎进风雅士大夫的情怀，从此沾染了浓郁的书香气，便有了"文人草"的雅号。更由于"不假日色，不资寸土，清逸俊秀，挺拔如碧，具山林之气，无富贵之媚态"的隐士风格，又被誉为"隐士草"。千百年来，菖蒲被赋予了丰厚文化底蕴，又被好事的方士当成水剑，端午时节，悬挂于门庭两边，充当斩妖除怪的金刚。民间流传"四月十四，菖蒲生日，修剪根叶，积海水以滋养之，则青翠易生，尤堪清目"，因此它又有了"神仙草"的名望。从眼前的菖蒲身上，我终于读懂了这位山乡汉子的全部情怀，也理解了他为什么把前三十年辛劳累积的金钱和往后余生累积的岁月都悉数专注到菖蒲事业中的人生况味。

我的微信里存有他发来的大量资料，静静的秋夜，我细细地拜读。六年前，年近半百的凌先生毅然放弃在外地已经风生水起的事业，选择回乡带领乡亲们"创业"，寻找致富发展的路子，改变家乡贫穷落后的面貌。凭着对菖蒲的挚爱和在苏州建设园林时打下的功底，依托家乡得天独厚的历史文化资源，大力发展乡村旅游，植菖蒲、建民宿、扬文化、兴文旅，硬生生将破败荒废的祖居地"凌家破屋"改造成了画风优美、远近闻名的乡村旅游网红打卡地。一时间，狗吠深巷里，鸡鸣桑树颠，阡陌影缤纷，俱是寻梦人。原乡的美好，让无数游人流连忘返，直把他乡当故乡。一株菖蒲草摇动了一缕乡愁，一缕乡愁氤氲成了乡村的巨大嬗变。山村又变回到梦中的山村，乡亲们的日子也一天比一天过得舒展滋润，浓郁的乡愁从古风浩荡的白崖寨脚下向四处迸发，塔畈河的清流昼夜喧响着来自这方土地上的不竭生机与活力。

我们的目光在名为"太平有象"这盆菖蒲上方相遇，缤纷绿影辉映下的凌先生眼眸里闪闪发亮。去年凌先生通过菖蒲文化交流活动，与深圳川清清环境集团公司建立了协作关系，合作成立了安徽蒲友文化旅游有限公司，签约落户塔畈，整体规划建设塔畈的旅游文化产业。以发展"艺术康养产业"为龙头，带动"云上蒲谷"休闲农业、"岭上茶谷"茶文化、白崖寨与黄庐古道休闲度假旅游等产业，运用公司、集体、农户合作模式，盘活周边闲置的大量民居，采取"1+n"经营方式，做大做强集群民宿，为艺术家和游客们营造返璞归真的创作和休闲的心灵净土，也让菖蒲文化飞进每一位来过塔畈的客人心田。翻开厚厚的发展规划图册，一张张图片、一段段文字，让人充满了憧憬和向往，似乎塔畈的明天，从手中翻飞的页码中伴随着菖蒲的花香，梦幻般地向我们走来，生动而迷人！

当我们漫步穿过庭院时，眼前展现的是正在发生变化的村庄容貌。院坝里，一栋一栋的民宿正在修建，机器轰鸣，人群忙碌；几排白墙青瓦的高大建筑物依山而立，这是刚建成不久的村民会客厅和议事堂,是村民们欢度节日,聚族歌舞的地方,也是弘扬菖蒲文化、开展现代文明教育和邻里和善的交流场所。这里流淌的就是几千年来绵延不绝、淳朴温馨的乡土中国风,见证的正是一代一代先民胼手胝足、苦苦追寻的幸福美好。郊野外,秋色正艳,远处的白崖寨如同一条巨龙,昂首振鬣,山脚的塔畈河边,菖蒲花开得烂漫,微风过处,万木摇动,齐齐挥洒出一幅盛世图画,与天边五色的云霓交相辉映。

地铁上

连天的阴雨过后天放晴了。每天最先忙起来的是公交车站和地铁站台。人潮顺着地铁站口流进去，又顺着地铁站口流出来，各处的公交站台也变成了流动的渡口，把一拨一拨的匆匆过客带向远方。

这个周五晚上，是小敏的儿子固定的学习二胡时间。小敏的儿子八岁了，却长得高高大大，从幼儿园开始就跟着老师学习二胡。二胡老师的家在城市的另一边，去一次等于跨越一座城。乘坐地铁要个把小时，又正好是下班高峰期，地铁上几乎爆满,她和孩子大部分时间只能一路站着过去。

三月的一个周末,春分已经过去几天,空气中弥漫着薄薄的暖意和隐约的花香,连续几天的霏霏细雨,草木绽放的嫩芽带着融融的暖意已经绿成一片,春风春雨春色让小敏的心境好了不少。今晚的课程结束后,小敏和儿子像往常一样步行二十分钟到达地铁口,买票上车,一切还算顺利。地铁悄无声息地快速启动,小敏习惯性地用右手轻轻揽住孩子,左手抓牢身边椅背的靠手,放松地倚靠在车门旁边的车厢壁上。地铁运行的轻微颤动,让小敏感到后背痒痒的很舒服,她眯起眼睛刚想让瞌睡漫过大脑,隐约中听到有人在她耳边说话:"阿姨,您请这边坐!"

她一个激灵睁开眼睛,发现一位姑娘正冲着她微笑。姑娘看着她的眼睛,又重复了一句:"阿姨,坐我的位置,我快到了。"

来不及道谢,她拉着孩子一屁股就坐上了姑

娘让出的座位。地铁继续前行，母子俩甜甜地打起了鼾。

不知过了多久，也许是经过了五六站后，停车的轻微震动，驱散了小敏的睡意。小敏睁开眼睛，发现车上的乘客稀疏了一点，再下意识地抬眼一看，竟然发现那位让座的姑娘又在对面落座了。或许是正处于睡意蒙眬的缘故，这个细节并没有让小敏想太多。

这时候，一对老夫妇相互搀扶着上了车，老太太似乎腿脚不太利索，老爷爷已经须发尽白，他们小心地挪动着脚步，看着满车的乘客，老爷爷无奈地伸手抓住身边的扶杆站定，把老太太拥到了自己的胸前。小敏瞄了瞄这对老人，正准备招呼他们，就见对面的姑娘已经利索地站了起来，径直走到老太太身旁："老人家，跟我来，这边有座位。"

姑娘拉起老人的手把她引到了自己的座位上。老夫妻连声道谢，姑娘却一个劲地说："没关系,没关系,我快到了。"

小敏诧异地看了看姑娘,心里竟然莫名地涌起了阵阵温暖的感觉。又过了一站,乘客又少了些,姑娘重新找了一个座位安静地坐了下来。

车厢上的时钟敲了几下,已经是晚上九点了,上车的乘客明显少了许多。车上一片沉寂,大部分人都在闭目养神,也有几位在低头猛刷肥皂剧,手机里传出的声音低沉而喧闹。又过了三站,上来了一对年轻的小夫妻,只见那女的挺着个大肚子,脚步蹒跚迟缓,一只手不停地在肚子上摩挲,双眉紧皱,一脸痛苦的表情。男的一手牵着女的,另一只手提着一只大旅行袋,情绪显得焦躁不安,一看就知道是急着去医院看医生,那女的怕是要临产。正在他们左顾右盼间,还是先前的那位姑娘大步迎上前来,一边热情地打着招呼,一边仔细地挽着孕妇的手,小心翼翼地搀扶着她来到自己的座位上,这对小夫妻瞬间被感动得眼角泛起了泪花,脸上漾起的笑容把满面的愁云一扫而尽。小敏目睹这些情景，心头的暖意一阵阵地向全身涌动，她的情绪一下子被姑娘的举动攫住了，一时间，感动和羞愧填满了心间，她真想走过去一把抱住姑娘，深深地亲吻一口，但是她没有移动身体，只是怔怔地盯着姑娘看了很久，眼光里流露出无比温柔的光芒。

列车又过了两站，小敏身边的乘客下车了，姑娘坐了过来。也许是累了，她微微仰起头，倚靠在厢板上，眼睛轻轻合上，双手随意地交叉在胸前。小敏细细地打量起眼前的姑娘，只见她五官精致，鼻梁挺拔，蛾眉如月，长发似瀑，高挑瘦削的身材上罩着一套浅白色的西装，一副干练高雅、端庄俏丽的模样，安静的脸上透出些许的疲惫。小敏不自觉地把身子往姑娘那边紧了紧，意念里却是相拥的感觉，身心不由得又生发出阵阵暖意。

终于到站了，小敏叫醒了熟睡中的孩子。也许是起身的动作惊扰了姑娘，见她睁开了眼睛，小敏赶忙招呼:"我们到啦,你也到了吧?"

只见姑娘微微笑了笑,细声说:"我还早,还要坐好几站呢!"

听了姑娘的话,小敏瞬间惊呆了,原来她一路上的"我快到了"都是"美丽的谎言"!小敏睁大眼睛呆呆地看着她,口中不觉喃喃道:"姑娘,你是我见到的最好的姑娘,你、你真的太美啦!"

吃席

记得是那一年的农历七月二十三,我的高考录取通知书刚刚收到,不知道消息怎么那么快就传到姑姑那儿了。第二天一大早,她就挎着满满一篮子喜礼,带着我的表妹小芹,第一个到我家贺喜来了。

噼噼啪啪一阵鞭炮爆响,村子里的乡亲们都被惊动了。大家簇拥着到我家,纷纷向我表达了祝福,这在乡下叫"沾沾喜气"。农村孩子考上大学,在 20 世纪 80 年代初期,的确算得上是件大喜事。

姑姑人生得娇俏，能干又热情大方，虽然嫁出村子很多年了，老家的人仍然都很喜欢她。娘家的大侄儿考上了大学，姑姑举手投足间，洋溢出的欢喜劲儿一点儿也不比我爸爸和妈妈差。安顿好各位客人后，待我去招呼随姑姑一道来的表妹小芹时，哪儿还见得到人影子，早就和一帮小伙伴疯闹了。掼泥炮、跳房子、拍花片、滚铁环、捉特务、老鹰抓小鸡，这些乡下孩子常玩的游戏，可都是他们的拿手好戏呢！细细一听，远处传来一串串银铃似的笑声、喧闹声，不就是这帮捣蛋鬼在聚会吗？

小芹今年虚岁八岁了，生得一副机灵、秀气的模样，尖尖的小鼻子、大大的眼睛，白净的脸蛋映衬着一头秀发，看起来像个洋娃娃。姑姑一共生了三个孩子，前面是两个儿子，最后才生下这么个宝贝疙瘩。小芹出生时由于营养不良，身体瘦弱。为了祈愿这个宝贝女儿能平安长大，姑姑想尽一切办法，竭尽所能来呵护她、宠爱她，平日里只有想不到的，没有做不到的。姑父为了一家的生计，长年在外奔波，对孩子的教育也是鞭长莫及，家庭的日常操持全靠姑姑一个人。久而久之，没有束缚的环境养成了小芹娇滴滴的个性，只要遇到不如意的事情，她就会乱发小姐脾气，别看她年龄最小，家庭地位可不低，几位哥哥不但惹不起她，而且看见她几乎要绕着走了。

前年的中秋节，为了应个时节，也为了让孩子们高兴一下，姑姑买回来一块冰糖蜜枣月饼，切成块装盘摆到了桌子上。眼尖的小芹一眼看到这么好吃的东西，伸开双手一下拢到怀中，调皮的大表弟见状故意去抢了一小块，还没来得及放到嘴边，小表妹就又蹦又跳地哭闹起来。最后，大表弟不但乖乖地送还了月饼，还挨了姑姑几巴掌。这只是一件小事，平时她在家里占先的事儿多了去了，小伙伴们背地里都给她起了个绰号"小霸王花"，大家都有默契，不去招惹她。"小霸王花"今天不请自到，我实在是担心她会在我这么喜庆的场合来几下"霸王行动",砸我的场子,让客人们扫兴,也会丢了我的颜面。

晌午时分,客人们陆续到齐了。厨房里,妈妈、姑姑和前来帮忙的邻居阿姨们煎炒烹炸,灶上灶下忙得热汗淋漓,一阵阵饭菜的鲜香飘满了房前屋后。嫩黄鲜亮、汁水饱满的鹅、鸭、鸡、鱼、肉、蛋、虾,一盘盘摆上了院子里的八仙桌,还有平时难得一见的甜点、瓜果,到处都是人间美味。美食招引得小芹和小伙伴大呼小叫地飞跑过来,一个个伸长脖子,凑到桌边使劲地吸吮着鼻子,一副副馋虫附体的模样,直把人逗得哈哈大笑。这时候,正在忙活的姑姑突然大喊一声:"酱油没有啦!"仔细一看,呵呵,一只底朝天的空瓶子被姑姑提溜在手里,下面是一铁锅等着添油加色的猪蹄髈。我着急地提了个大油壶,抬脚就往小卖部跑,想了想又折回来,叫上小芹,带着她一起,免得她弄出什么幺蛾子来。

一路上,小芹一会儿牵住我的手,一会儿跑

前跑后，不停地唱啊跳啊，好奇地这里看看那里挠挠。小小的脸蛋红扑扑的，两根朝天辫上的蝴蝶结，一闪一闪地放出金光，轻盈而稚拙的小小身段，在夏日的阳光下，像一朵盛开的雏菊。童声童气唱出来的儿歌，虽然有时曲不成调，但她那清脆悦耳的嗓音，好似山间的一汪清泉，淙淙流淌，让人心生感动，沉醉着迷。以前，还真没有这么细细地打量过她，没想到半年多不见，这丫头竟然出落得更加俏丽，越发招人疼爱了，怪不得姑姑那么护着她、宠着她。

一会儿，小卖部到了。按照过去的习惯，我先给小芹买了几颗大白兔奶糖，顺手递给她的时候，她出乎意料地摆着小手跑开了。我愣了一下，疑惑地看着她的小脸蛋，好半天都没有回过神来。酱油买好了，我们转身往家走。她牵着我的衣角，静悄悄的，没有了来时的欢闹。我忍不住打量她一眼，装作不经意地问道：

"不喜欢吃大白兔奶糖了吗？"

听了我的话，只见她的小脸蛋儿瞬间一红，嘴角一扬，回答说："哥，我现在不吃零食啦。老师说经常吃零食的孩子不是好孩子，还说，甜东西吃多了，虫子就要来蛀牙了，就要长一口洞洞牙，变成豁牙巴了！"

见我笑了起来，顿了一顿，她开心地接着说："哥，我上午来的时候，你给我的那些好吃的糖果，我都送给小朋友们了。"

"哦，为什么？是怕牙坏了？"我又问了一句。

"才不是这样呢！我们老师告诉大家，同学之间要相互友爱，要学会分享，小朋友们好多都是我同学呀！"

"那要不是同学在一起呢？"我故意逗她。

"嗯——"

她涨红了脸，沉默了一会儿，大声地回答：

"不是同学也要互相爱护，互相帮助，这才是好学生！"

她嫩声嫩气的话语，着实让我感慨良久。我盯着她那双明亮的大眼睛，瞧了又瞧，好像在欣赏澄澈明净的湖水一般。一瞬间，一股暖流充溢了我的胸间，我不知不觉地念叨起来："长大了，长大了多好！"

到家以后，我把路上的经历讲给姑姑听，一边表扬小芹，一边也表达出我的疑惑。看到我复杂怪异的表情，姑姑笑而不言，这时候妈妈过来揭开了谜底。原来小芹自从上学后，在老师的谆谆教导下，加上学校优良环境的熏陶，一天比一天懂事，不光学习成绩棒，坏脾气也改掉了，变成了人见人爱的"小公主"啦。妈妈的一番话，让我清楚了小芹变化的原因，更让我从内心发出了感慨：我们这些农村孩子，现在有权利接受这么好的教育，是一件多么幸福的事情！没有教育，我怎么可能成为一个大学生，受到乡亲们如此的礼遇？没有教育，千千万万像小芹那样的孩子，只能继续在知识的荒漠中徘徊，我们这个民族也就没有希望挣脱蒙昧和落后，从而成为富有尊严、文明强大的民族！想到这里，泪水溢满了我的眼眶！

宴席上，被酱油熬煮过的金晃晃的蹄膀，一碗接着一碗端了上来，客人们觥筹交错，大快朵颐！人群中，我看到小芹和伙伴们一人手捧一只蹄膀，吃得嘴角流油，满口流香，那笑容像绽放的花朵。

永远的小油灯

五月的美好,就在于它常常让人邂逅美好的故事、美好的人物。无论是铅华洗尽,还是浓妆艳抹,在这个季节总会有恰当的遇见。在朗朗的夏日午后,在静谧的书房里,我便遇见了这位旷世的提灯女神,有关她的神奇故事,需要从遥远的地方来寻觅。

波光潋滟、日夜流淌的泰晤士河边,熙来攘往的伦敦街头,静静地耸立着一座女士的铜像:娟秀的面庞、慈爱的双眼、扬起的笑颜。午后的阳光映射在铜像上,泛着柔和的光芒,……平添了一份圣洁的美丽。这是一位伟大的女性！一个世纪以来，她默默接受着来自世界各地人们的拜谒和景仰——她就是近代护理学的奠基人佛罗伦斯·南丁格尔。

像其他所有的杰出人物一样，南丁格尔走过了不平凡的人生之路。

她是名门闺秀。18世纪初，南丁格尔出生于意大利中部历史名城佛洛伦萨的一个富有的移民家庭，后来随着全家迁往英国。家庭的良好教育使幼时的南丁格尔勤奋好学，博览群书，她常常像一个饥渴的孩子忘情地徜徉在知识的海洋中。稍长，她就读于法国巴黎大学，求知的欲望更如疯长的禾苗，在不太长的时间里她就顺利地完成了学业，并精通英、法、意、德等多国语言。语言的天赋使她的父母更殷切地期望她在文学、音乐方面发展，练就跻身上流社会的本领，而她对此却兴味索然。幼时的她就怀着一颗慈祥仁爱的心，家里哪怕是小动物受伤了，她都会细心地包扎救治，精心照料，弱小的生命在她这里得到了无微不至的呵护。在她看来，生活的真谛就在于为人类做出一些有益的事情，而不在于身份的高低和岗位的优劣，于是她义无反顾地选择当了一名护士，虽然异常辛劳，但是能够为普通大众做许多事情。她的这份选择，成就了她作为救死扶伤伟大先行者的崇高地位。

18世纪中期的英国，医疗条件极其简陋，大部分护士的身份形同奴仆，有的连基本的医疗常识都不懂，病人的病死率极高。为了改变现状，她踏遍了法、德、比、意等国，考察学习各地的护理知识和经验，并在实践中反复尝试，终于摸索出一套别具一格的护理模式，逐步崭露头角。克里米亚战争期间，她率领38名护士亲临前线，在四所战地医院为伤病人员提供服务。夜晚，南丁格尔手持油灯长年累月巡视病房，用慈爱、忍耐、坚忍，像阳光般无微不至地体贴、关怀、温暖着每一个伤兵的心怀，伤兵们常常噙着眼泪，动情地亲吻着她映在墙壁上的身影，以至于大家一看到南丁格尔的小油灯，就如同受到了生命之神的抚慰，病痛就会减轻，死神就会遁逃，伤口就会痊愈，因此人们亲切地称呼南丁格尔为"提灯女神"。从此她成为传奇式人物，她的名字就像波浪一样荡漾开来，传递到人群中的每一个角落。美国大诗人亨利·沃兹沃斯·朗费罗曾深情地写道：

  看，就在那充满愁闷的地方
  我看到一位女士手持油灯
  穿行暗淡的微光中
  轻盈地从一间房屋走进另一间房屋
  像是在幸福的梦境之中
  无言的受伤士兵慢慢地转过头去
  亲吻着落在暗壁上的
  她的身影……

战后南丁格尔成为民族英雄，但她仍然素首尘心，并不为这些已经取得的成绩而骄傲，继续从事着她平凡烦琐的护理事业。1860年，她创办了第一所正规护校——南丁格尔护士学校，随后又着手助产士及济贫院护士的培训工作。她一生培训护士1000多人，让护士成为真正意义上的、令人敬仰的崇高职业。同时，她还做了大量的研究整理工作，潜心著述了《医学笔记》《护理笔记》等，对医院管理、部队卫生保健、护士教育培训做出了系统的总结，为规范、推动西欧和世界护士学的科学发展做出了卓越贡献，成功建立了护士学这一科学门类。1907年南丁格尔获得了英王功绩勋章，成为英国历史上第一位获此殊荣的妇女。她逝世后，国际护士理事会为纪念这位护理学先驱、人类护理事业的创始人，于1912年将南丁格尔的生日，即每年的5月12日确定为国际护士节——南丁格尔节。南丁格尔小油灯成为照亮人类医学生命历程的圣洁之光。

斯人去矣，岁月无痕，历史的长河淘去了多少往事。唯有泰晤士河畔的暗夜里，南丁格尔手中的那盏小油灯仍在闪耀着不灭的光芒。它照耀着一代一代的后来者，投身于护理事业，"治病救人，救死扶伤"；它昭示着千千万万头戴燕帽的"白衣天使"以"爱心、耐心、细心、责任心"去燃烧自己，照亮别人，犹如诗中歌颂的那样：

    接过
    提灯女神的那盏神灯
    延续
    百年的神光
    散发
    虔诚的祈祷
    爱点燃
    战胜疾病的信心
    驱散病疼的恐惧……

神灯燃烧自己

夜夜不熄

代代传扬……

漫画勾勒生活

认识榆木是一件极其偶然的事情。那一年我正在策划出版一本有关包拯故事的书,因为对出版社设计的样书封面不太满意,就想找一个这方面的专业人士当面聊一聊,沟通沟通,运用这咫尺画面表现想法和意图,凝练出书中蕴含的包公情怀。有人给我推荐了榆木。

记得是一个周三的中午,我正在办公室整理书稿,随着一阵轻微的敲门声,一个人推门进来。只见来人大大的口罩掩住了面庞,身材健硕,夹克罩身,短发覆头,圆脸丰润。待摘下口罩，他轻声自我介绍："我是榆木。"闻之我不禁愕然：好年轻啊，原来还是个毛头小子！我连忙请他坐下，为他沏上一杯热茶。寒暄过后，我们便聊开了。

他自谦是一个不善言谈的人，老家河北邯郸，就是妇孺皆知的"邯郸学步"那地方，原名庞志强。他生在农村，长在农村，虽然家境不好，但从小爱上了画画这个烧钱的玩意儿。没有画笔和纸，捡个树枝在地上画。鸡下蛋、鸭浮水，河里的小鱼、庙里的菩萨，见到什么画什么，虽然没受过什么专业训练，更没有名师指点，竟然无师自通，画什么像什么。为了买一盒彩笔，他逃过学，拾过荒，打过工，挨过饿，一毛两毛地积攒钱。说到这里，榆木的脸上扬起腼腆的笑容，他的笑看起来朴实柔软、敦厚温情。榆木说他有一个好父亲，虽然大字不识几个，当了一辈子农民，却是他最重要的支持者，也是他的启蒙老师。父亲天生爱画画，因为贫困，他放弃了梦想。所以对儿子的选择，看在眼里喜在心上，竭尽所能地支持引导。父亲最常说的一句话就是：画画，拿到笔，在墙上、纸上画就是了。简单的一句话却给了儿子无穷的鼓舞力量。功夫不负有心人，读高中时，参加绘画比赛，榆木拿到了县里特等奖、全省三等奖，这也算是对父子两代人梦想的馈赠吧。父亲去世的时候，守在灵前，榆木整整画了六十七张漫画，记录父亲和他的点点滴滴，寄托他对父亲的无限哀思。后来这些画稿经过仔细修改润色，结集成《我的父亲》出版，这也是他人生的第一本漫画集。

机缘巧合，大学四年榆木在安徽完成了学业，学的是与画画有点沾边的工业设计。毕业了，合肥这方热土吸引了他，他决定留下来，用画笔去创业，去画出他心中的美好安徽。刚毕业的那段日子，一穷二白，租住的地方甚至连一张床都没有，打了三年地铺。说到这里，他的脸上又浮现出腼腆的笑容，温情而宁静。直到有一天，一位朋友邀他去合肥的罍街，创作街面的民俗画，才一战成名，有了第一笔可观的收入，终于走出了困境。榆木不无自嘲地说，困难的时候的确打过退堂鼓，怀疑过人生，经常想一走了之，回到老家最起码还能吃到妈妈做的一口热饭，在这里太遭罪了。正是因为不甘心，加上对漫画无比热爱，他才坚持了下来。阳光总在风雨后，有了第一次成功，后面的事情就相对容易多啦。条件好了，创作渐渐进入佳期，名气也渐渐大起来了，来谈合作的越来越多，人也变得忙碌不堪。夜深人静的时候，梦中醒来，榆木常常陷入沉思：这种画匠的日子是我生活该有的模样吗？用画笔去交易生活，难道就是人生全部？说实话，这么多年，他只顾埋头画画，很少考虑什么题材、风格之类的，还是那句话：画就是了。看来到了要认真思考这个问题的时候了。榆木呷了几口水，脸上的笑容逐渐荡漾开来，人也变得不再腼腆，似乎有一股自信的力量充盈了他的全身。

　　从那以后他就很注意选择合作对象，不再是捡到篮子里的都是菜了，题材上他把自己最感兴趣、最擅长的民俗文化作为主攻方向。为了准确表达民俗文化的丰富内涵，他把眼光投向了普罗大众的烟火生活。在他看来，民俗文化的精髓在民间、在街巷百姓的家长里短中，唯有到他们中间去寻找，才是创作的源头活水，才是获取素材的不竭宝库。为了体验生活，感知不同地域的不同民俗特点，触碰灵光闪现的思想火花，曾经有几年时间，他长途跋涉到祖国的西南边陲，钻进深山老林中去，体验苗族、侗族等少数民族的日常生活，用画笔记录下他们的趣味人生。谈起采风中的诸多经历，那种特有的笑容又浮现在榆木的面庞上，似乎有劫后余生的况味。在黔东南苗寨采风，深夜入住宾馆，第二天醒来他才发现，宾馆原来建在一片古墓之上，登时吓得魂飞魄散。过了几天寝食难安的日子，在百般煎熬中竟然产生了一个奇怪的念头,为什么不去体验体验苗民的丧葬文化呢?主意一定,心理承受力就大多了。从此,每天有意识地在寨子里转悠,接触各色人等,甚至和巫师做朋友,终于创作出一幅十几米的长卷,记录下了苗民从出生到死亡各个阶段的生活习俗,尤其是生前和死后那种特殊的巫师文化,为人们打开了一扇了解苗民生活的窗户。更多的时候,榆木的采风都是出没于山野之间,遍尝艰辛。一次去山里采集写生的植物样本,正逢秋天,遍地是成熟的野果,饥渴之际,他就去喝泉水、尝野果,结果浑身麻痹,腹痛难忍,幸遇猎人相救才躲过一劫,但从此落下了肠胃损伤的病根。说到这里,榆木不好意思地笑起来。我起身为榆木的杯子续满了水,听着他娓娓道出的传奇故事,在心怀敬意的同时,更觉得是一种难得的享受,他的这些有趣的经历或许对当下浮躁的社会有不少的镜鉴、启发意义。

这些年来,榆木正是凭着这种不懈的追求和

好学深研的劲头，厚积薄发，无论是表现主题还是表现手法，越来越彰显特色，他的民俗漫画更是独树一帜自成一体。翻阅他的作品，无论是最初的《我的父亲》，还是后来的《漫画二十四节气》《漫画金寨》《漫画肥乡》《漫画景迈山》《漫画歙县》，以及《漫说新冠》《漫学党史》，等等，都有一个共同的特点，就是不惜用大量的笔墨铺陈饮食男女的日常，从细微处表现社会变革给人们生产生活带来的新变化、新发展，主题鲜明积极，富有思想，顺应时代，仅是《漫说新冠》系列漫画就被国内多地邀请展出，受到了社会各界的广泛好评。欣赏榆木的漫画，看似寥寥数笔简单勾勒，细细品味那一份意趣、一种寓意立马呈现。画作风格简单而独特，如他自己所说：描绘社会万象，弘扬时代主题，捕捉闪光细节，诠释生活哲理。

不知不觉间，下午的时光飞逝而去。窗外仲夏的阳光依然透亮，远处绿树婆娑，一丛丛的紫罗兰、月季花开得正艳,湖面上一只鸟儿在悠然盘旋,天空蓝得让人痴迷,一切都洋溢着生机和活力。如今的榆木已是社会名人,被冠以各种各样的头衔,谈到今后的创作,他简单地说了四个字:初心不改。握别榆木,他年轻的脸上笑容荡漾,这笑容像夏日和风,通过这双手瞬间暖遍我全身。

三辑　灯下

浅显中的深意

老百姓是语言天才,他们在日常生活中形成的俗语俚句,句短意长,语俗情真,浅显中透出深意,寥寥数语就能让人获得许多启迪和智慧。

民间俗语富有极浓重的地域特色,而江淮俗语因其沿长江襟淮河而自有妙趣。譬如"箩里选瓜瞅准了,笆斗坐筐里稳笃稳",说的是要注重调查研究,弄清事情原委,凡事做到心中有数,不能不分对象乱作为,稀里糊涂干劲大,最后不可收拾,导致"唱戏的腿转筋,下不来台"。又比如"好铁要经三回炉,好书要经百回读",说的是好事要做好，要反复考量，这样才能疏而不漏，功到自然成。再比如"天冷不冻织女手，荒年不饿勤耕人"，是说客观条件再艰难困苦，只要狠下心来，舍得"一粒汗珠摔八瓣""撸起袖子加油干"，再高的目标也能够达成，再美好的愿景也会成真。

只要稍加注意，现实中这样的俗语俯拾皆是，不胜枚举。更令人惊喜的是，老百姓们创造了这些俗语，人们再把这些俗语中的道理巧妙地运用到生活中去，不仅丰富了语言的张力，更拓宽了感知世界、解决问题的思维空间，变成成功的秘籍。

我们常常有这样的经历，生活中一些问题和困难的出现，往往让人们猝不及防又束手无策，焦虑和郁闷会让人情绪低迷，耗费精力斗志。这个时候，不妨静下心来，试试从俗语中去寻找一下智慧，也许会有出人意料的发现和收获。我的一段经历恰好是这方面的明证。

前几年我受邀到几家企业去，为它们建立一套社会评价体系。体系的内容既有生产经营方面的，也有管理服务的。这些企业性质上都不太一样，既有内资，也有合资，还有外来企业，涉及不同的制度习惯。因此标准内容的设置，既要有共同性，又要体现差异性，原则性和灵活性相统一。不仅是一个专业的问题，更涉及关系利益的调整均衡，确实需要智慧和胆识。如何顺利啃下这块硬骨头，一时成了我的心头之忧，很长时间苦思良策而不得。一次偶然的企业走访活动却使事情有了转机。在与一线职工群众的交流中，我得知他们的很多创新创造，并非完全来自书本，很多靠的是实践摸索的经验，有的竟然是受民间的俗语的启发。这个发现着实令我惊奇，当我重新思考"心急吃不得热豆腐""砍柴不误磨刀工"这些简单话语背后的含义时，思维一下子打通了。从"临渊羡鱼"，改为"退而结网"，掉头做足自身功夫。我深知"只有不快的斧子，没有劈不开的柴""硬核桃要用钉锤敲"的道理。于是,把身子沉到几家企业里去,一看企业"脸面"即形象的塑造,二看企业"细胞"即组织架构的构成,三看企业"健康"及运行机制的状况。"三看"既看出了问题,也看出了感情,于是企业把我们当成了家人,我们也有了家的感觉。这一招开了个好头。接着第二招,就是把"看"出来的问题,用绣花功夫"三回炉""百回读"化解问题,用心用情助力企业踢开短板。那些攸关企业发展、职工切身利益的事情,要细针密线绣成光彩照人的艳丽红花,让大家看到希望,看到未来;那些攸关服务环境、教育文化等公共事务,则要一针一线绣成温馨可人的葱茏绿叶。红花配绿叶,功到美景成。企业最关心的是生存与发展,发展环境变好了,最大的问题就是要把"一亩二分地""勤耕细耘"好。于是第三招就要设法调动一切因素,"瓦匠不怕爬高,篾匠不怕弯腰",用"织女"的巧手,"勤耕人"

的能手，铆足了劲抓发展。这样企业高兴，职工开心，社会满意，大家都在发展的路上大踏步向前，体现出目标同向、利益共享、共兴共荣的最大效应。社会评价体系当然也就水到渠成，有了实实在在的结果。

几句平常的俗语，教会了我在工作中的关键几招，招招见出本领，使我深深地懂得了吃透这些俗语中蕴含的道理，确实能在纷纭复杂的社会里终身受益，润泽无穷。

格致的味道

格致是一种内涵，格致是一种品质，格致有时也不失为生活中的一种雅趣，人生的路上需要珍藏珍爱这份格致。

格致是我国先秦经典《礼记·大学》中"格物致知"的略称，意为穷尽物象，把握事理，提升修养。它是中国古代认识论的重要命题，是儒家修身、齐家、治国、平天下政治思想的纲领。到了近代，它与"科学"一词已不分伯仲。

在漫长的中国思想史中，就生活与生命而

言，格致包孕了丰富的内涵：风格、品格、人格等，细致、精致、极致等，它像七彩的螺钿装饰着人生的画框。

风格是阴柔之美。它像春日的小溪，叮咚欢歌，将它飞花溅玉的身影，留在山涧田野；它像夏日湖边的岸柳，清风过处，摇曳生姿；它像秋日的平畴，虽硕果盈枝，却从容淡定犹如处子；它像冬日的傲雪蜡梅，犹自吐露淡淡的芬芳。活出风格，风格是一种外在的美丽，在斑斓的生活和纷繁的世事中，你一眼就能辨别它，而后把玩它、欣赏它、痴迷它。

品格是壮丽之美。它是拔地而起的大山，巍然屹立，令人仰止；它是奔涌不息的大河，汪洋恣肆，使人豪情万丈；它是绵延不绝的大山，那落日下的辉煌叫人怦然心动；它是苍茫天空中的雄鹰，天风万里，海雨万里，那搏击的力量，让人油然而生敬意。活出品格，品格是人生修养的结晶，它经过知识的熏陶和生活的濡染，而愈益显得出类拔萃，这是一种内敛的力量，通体散发着生命的光辉。

人格是清奇之美。它是临波的仙子，更是冰山上的凌霄花；它是出水的芙蓉，更是那雷霆万钧中仍从容的翠柏苍松。活出人格，人格是人生的至宝，它拒绝铺陈，戕却枝蔓，根深植于大地之中，神超然于万象之外，每每于超凡脱俗中体会浴火重生的快乐，每每于霜风苦雨中煅打钢铁的筋骨，它比金子更闪亮，比生命更华彩……

细致是对生活的尊重。细致的人总把过日子当成数珍珠，那一根生命之线一颗一颗仔细地穿起珍珠，一串又一串地整理好、收藏好，如同勤劳的农夫，把田地种到了心坎里，如同贤良的村姑，总是把家里收拾得纤尘不染。

精致是对生活的修饰。精致的人不强求大而全，总能在平淡的生活中弄出些不同凡响来，像万顷大海中的一叶小岛，像无边天际中的几丝飞云，是舞曲中的华章，是诗词中的亮"眼"。精致的人懂得生活，了然生命的意义，历史上那些烛照千秋的人物就是它最好的注脚。

极致是对生活的奢求，这是一种难以满足的欲望。极致的人，总是把虚幻当现实，终日追求那些虚无缥缈的东西，像海市蜃楼，像美梦黄粱，这种虚妄和企求，一如夜郎之人，井底之蛙。追求极致的结果，是遁入空门，隐迹山林，青灯黄卷，晨钟暮鼓，从此只作逍遥游了。

格致的味道，就是现出风格，富有品格，彰显人格，不忘细致，追求精致，抛却极致，有了这种味道，人生将芳香无比。

格致是一首诗，它有无限的韵脚；格致是一首歌，它有无尽的旋律；格致是一部剧，它演绎着生命的璀璨和美好。

让我们拥抱格致吧！

褪去混沌

人类社会是依靠实践知识的积累和书本智慧的熏陶才逐步摆脱蒙昧，走向文明的，读书使我褪去了混沌。

我生于农家，父母都是目不识丁的农民。童年的时候，由于姊妹多，我一直生活在外婆家。外婆是日本鬼子侵华时逃难到农村的城市闺秀，她一直固守比较传统的教子方法，认为小孩子生来有十年的"洪福"，她眼中的"洪福"就是孩子在十岁之前只能玩耍，不能早早地费脑子，耗损元气。这个观点未免可笑，但细细一想也不是全无道理。所以直到十岁，我才有机会进入学校大门，开启我的求学之路。

记得学校开学的那一天，妈妈特意赶了个大早，到集市上扯了两尺蓝洋布，回来后细针密线地缝制了一个精致的书包，还绣上了两朵灿烂的葵花，看着真漂亮。我双手捧着书包，内心无比狂喜地背到肩上，打开书包只见到薄薄的两本书，一本是封皮上一个红小兵手握红缨枪的语文书，一本是画着一个算盘的算术书，这是我平生第一次接触到真正意义上的书本。后来上学的日子里，由于生性顽劣和散漫，加上那个时代知识荒废，农村孩子并没有把上学读书作为生活的追求和成长的需要。没过多久，课本便被一页页地撕下，叠成手中的纸枪和玩耍的"块板"，磨烂了的书脊可怜地连着仅剩下的五六页纸，也被拦腰折断成两半，一学期还没有结束，书本却早早就"念"完了。

我与书真正结缘，完全是一次偶然的遇见。

城里的表哥高中毕业后，下放农村接受再教育，住到了我家里，他随身带来的不多的行李中，却赫然出现了一大捆书。这些书中，除去大部分的所谓铲除"封资修"以及"大批判"之类的书之外，有两本书格外地引人眼目，尤其让我视为珍宝，这两本书就是长篇小说《烈火金刚》和《红岩》。我常常趴在表哥的床铺上，细细地翻阅它们。书中精美的装帧、漂亮的插图、曲折的故事情节，还有那些神勇有趣的人物，常常让我不知不觉如痴如醉。虽然那时我才是一个小学四年级学生，书中的很多字还认不周全，但小说中的那些故事让我深深着迷。诸如《烈火金刚》里面英勇无畏的史更新、足智多谋的肖飞、滑稽可笑的解老转、懦弱可鄙的何大拿；还有《红岩》中江姐的视死如归、双枪老太婆的神奇诡秘，白公馆、渣滓洞的阴森血腥，特务们的凶残可恶，都一一深深地印在脑海中。爱与憎、伟大与渺小、高尚与卑下、光荣与腐朽，这些情感在我幼小的心田里有了明确的分野。在那些寂寞而贫乏的日子里，是这两本书伴我走过了一年又一年，让我的生活有了亮色和憧憬，以至于现在看到根据这些故事改编成的电影、电视剧，总觉得味道没有原著那么引人，那么动人心弦。

20世纪80年代，我如愿考上了大学，当我第一次进入学校图书馆时，被这里的图书惊呆了。学兄学妹们介绍，学校图书馆当时的藏书量在全国所有大学中排前十名，那真是一个书的海洋啊！于是我像一个饥渴已久的饿汉一样，扑进这片书海中，饕餮在知识的盛宴中。有时为了抢先阅读心仪的好书，甚至到了不吃不喝疯狂的程度，内心洋溢的只有幸福和快乐。为了最大限度地利用时间多读书，我每天下课后的第一件事就是手拿饭缸直奔图书馆，先用书包抢占一个座位，然后快速地去食堂买来饭菜，一边吃饭一边沉浸在阅读的世界里，安静而贪婪地一本又一本地享用文学与知识的大餐。同学之间谁要是读到了一本好书，都会相互推荐，想一睹为快的人多了，大家会自觉排个顺序，为了能在规定的时间里还书，夜里就会有人打着手电筒，躲在床单下苦读，常常是月落日升，通宵达旦，第二天仍然会精力旺盛去学习。虽然时间已经过去了几十年，每每回忆起当年读书的情景，内心总会涌起无限的感慨和温暖，那种矢志求知的强烈欲望和奔涌不息的学习劲头，是多么难能可贵呀！为了读书甚至可以舍弃一切的意志决心，是对生命最崇高最纯洁的礼赞，这也是那一代人最为厚重的精神遗产。大学四年的精心苦读，知识的汩汩源流浇灌了寻常日子的每一寸时光，带来了无尽的智慧财富，让人生变得高尚、富有情趣，让生命从此有了丰富斑斓的底色，也让我从一个农村放牛娃脱胎换骨成为一个对社会、对人民有更大作为的人。

多年的读书经历，使我对书产生了特殊的感情，爱书、买书、藏书成为平时生活中不能或缺的习惯。这些年来，我购买和收藏的图书有数千本，除装满了书房的两个书橱外，那些已经阅读过的、暂时派不上用场的书，或仔细分类打包，做好标注存放在妥帖的地方，或赠送给社区图书室、家乡的学校，让更多的人有机会接触它们、阅读它们。几十年来我做了大量的读书笔记，并在《人民日报》《解放日报》《安徽文学》等报刊上先后发表了几十万字的散文、小说、评论，收获了人生最美好的馈赠。

多读书使人聪明，多学习促人睿智，这是一个简单而千真万确的道理。让我们多读书吧！

喜看桑榆霞满天

在我的案头，放着两张报纸，它们分别是9月28日的《合肥日报》和10月26日的《解放日报》。两张报纸报道了一个相同的消息：合肥市组织已经退出领导岗位的干部到农村、社区任职"乡村振兴指导员"和"社区治理指导员"，至今已有116名干部到村任职，44名干部到社区任职。这些同志既带去了机关的作风、经验、眼光和办法，帮助打通乡村振兴和社区治理的"最后一公里"，也在实践中逐步摸清了基层的问题困难、创新创造，为市委、市政府了解社情民意、制定政策措施提供了决策咨询；同时磨炼了意志品质，锻炼了实际工作能力，补上了农村基层的人生一课。因此这个举措被形象地誉为一场"双向奔赴"。

这场"双向奔赴"其实是合肥市干部政策创新改革的又一个缩影。创新是合肥的潜质和发展的"秘籍"，无论是五大国家级经济技术开发区的建设，还是积极融入长三角一体化发展，实现"弯道超越"，无论是投入巨资孵化培育科创企业，还是精心打造世界级的"声谷""光谷"，无一不是得益于体制机制创新。毫无疑问的是，在合肥昂首阔步行进在现代化建设的新征程上，作为基础建设的乡村振兴和社区治理，尤其需要依靠创新来发挥至关重要的保障促进作用，而畅通渠道，进一步发挥离开领导岗位的干部的积极性、创造性，让他们老有所为、老有所用，发挥余热，正是契合了这个现实要求，是顺应变化的善治好政策。基层工作千头万绪，任务重、难度大、人才少、力量弱，尤其需要懂政策、有思想、会谋略、能担当的高素质管理人才，"双向奔赴"犹如清泉活水，给这块园地带来了生动活泼的盛景。

在农村、在社区，一幅幅美丽的景致正在呈现。在基层任职的同志们，有的蹚溪流、进深山，走田埂、下村落，察民情、晓民忧，知民盼、听民想；有的叩门扉、细摸排，进千家、入万户，嘘寒暖、问所需，送政策、解难题；有的防疫病、同甘苦，披星辰、戴日月，冲在先、做模范，不计名、不计利；有的抓协调、找资源，克难关、解宿症，建桥梁、修道路；有的整环境、治脏乱，搞培训、提素质，育新人、树新风。这一幅幅新美的画面映射出了乡村振兴和社区治理的美好前景，也让"双向奔赴"的同志找到了新的归属感和使命感，生命重新焕发出异彩，如同夕阳下的桑榆沐浴到了满天的霞光。

合肥市的这项干部政策改革措施也得到了社

会广泛认可,《解放日报》以《明年这里肯定不一样》为题作了长篇报道,盛赞这种"双向奔赴"供需合适,就是"双赢"。《安徽日报》《合肥日报》以及合肥广播电视台也从不同侧面作了专题报道,一时间热度陡升,成为舆论场的"风口",干部群众口中的"热词",社会风尚中的"热点",也成为一批又一批干部持续走向农村、走进社区,发挥新作用、实现新作为、成就新人生的动力和坐标。

典型宣传范与式

先进典型是时代精神和民族意志的集中体现，是构建社会主义核心价值体系的重要因素。典型宣传，是对典型进行综合、概括、提炼、升华的一种宣扬活动，简言之，就是对先进人物和先进事迹进行宣传报道。近年来，我们在典型宣传方面花了不少的气力，先后推出了一大批各行各业先进典型，起到了"拨亮一盏灯，照亮一大片"的作用，为经济社会高质量发展提神鼓劲，成为树立正气、涵养道德的重要方式。

作为传统的政治优势，典型宣传在实际工作

中，要掌握好尺度，把握好几个基本问题。

力求典型宣传的真实性、时代性。树立一个先进典型，就是树立一面旗帜。这面旗帜鲜艳不鲜艳，闪光不闪光，其真实性是底色，时代性是光芒。真实性是典型存在的前提。它有两层意思。一是事迹的真实，如大家耳熟能详的雷锋的事迹，一桩桩一件件，既平凡又实在。出趟差好事做了一火车，把不多的津补贴送给急难者，等等，虽然只活了二十多年，却做了一辈子好事，让人们景仰和爱戴。事迹真实了，典型的力量才是撼动人心的。二是宣传的真实，典型怎样才能为人们所接受，怎样才能立得住、站得久、传得远，靠的是宣传工作者高超的驾驭能力和巧妙的表述手法。那种高大全式的典型拉远了榜样与学习者之间的距离，是神话传说；而那种"淡如白水"的典型却又难以给人留下深刻印象。典型宣传的真实，要求提炼而不能拔高，凸显而不能孤立，充分肯定而不能任意夸大，只有这样，典型才能距离受众近，才会被大家接受。尤其要注重宣传典型身上具有亲和力的小事、琐事、日常事，只有这些事例，才能凝聚起广泛的社会意义，体现时代的伦理纲常，才使人感到亲切、真实、可信、可学。

任何典型都离不开特定的时代背景，时代孕育典型，典型反映时代。战争年代，为正义事业和民族解放而英勇奋斗的是典型；和平时期，为国家建设和人民福祉呕心沥血的是典型。典型宣传的作用，也与时代特定的价值取向息息相关。从一般意义上说，个人价值取向与社会价值取向越一致，典型宣传越容易产生巨大反响，因为契合顺应了时代社会发展这个主题，所以生命力才强大，影响才深远。现在我国处在改革发展的新时代，典型宣传也应顺应潮流，为大局服务，植根现实沃土，富有时代气息，反映时代规律，把党和政府的意图体现出来。

典型宣传是宣传工作中的重大战役，是复杂

系统的工程，需要精心策划、缜密安排。在工作安排中，要做到以下几点：一是有一套宣传计划。计划要涵盖主旨、重点、任务分解和责任考核，宣传思想部门起到担纲的作用，把好关，负总责，计划既是办事指南，又是政治原则。做到事先准备充分，反复核实事迹，把好政治关，厘清宣传的节点时段，预测效果和需要跟进和强化的内容。二是有一支过硬的宣传队伍。要选择精兵强将，把最能反映和代表典型本质的细节挖掘出来，使典型的精神价值成为社会和时代前进的动力。大量的典型之所以能在全国、全省宣传开来，产生影响，靠的是中央、省、市一批媒体记者深入基层，深入典型们曾经工作战斗的一线，踏踏实实采访报道，靠的是各级党委、政府以及宣传部门强有力的组织。三是组织一批有影响力的主流媒体，抢占舆论主阵地。媒体是典型宣传的传播者和实践者，是公众的信息资源流，主流媒体强有力的宣传是典型广为传播，成为镜鉴的得力支撑。综合运用报纸、广播、电视、互联网，开展通讯、消息、言论评论、散文、诗歌等综合性的、连续不断的宣传，营造持久强大的感官视觉效应。四是社会宣传的有益补充。除媒体这个主渠道外，要广泛发掘社会资源，例如民间的、本土的宣传方式，微博、微信、抖音、短视频等新媒体资源，开展方式多样、形式活泼的宣传活动，使典型人物的典型事例口耳相传，历久弥新，起到事半功倍的成效。

一部精品就是一个标杆，就是一个"能量包"。典型的发现、培养、塑造是一个过程，典型宣传要尊重典型的成长规律，要在打造精品上下功夫。日常生活中的各类典型很多，谁最能体现时代风范、最能代表社会发展方向，谁就是我们最需要的典型。社会处于转型期，矛盾较多，调解成为维护基层社会稳定的重要手段，"人民调解员"应时而出；收入差距拉大，要求公平正义、建设和谐社会呼声提高，"雷锋式的人物"

出现了,他们身上集中体现了中华民族传统伦理风范,是时代楷模。典型必须为时代服务、为时代培养。在宣传原则上,坚持"贴近实际,贴近生活,贴近群众",事、情、理兼备,显之以事,动之以情,寓之以理。表述形式要精巧,根据不同典型的定位,针对不同受众,组织宣讲、戏剧、文学、影像等不同形式,来增强效果、扩大影响、凝聚人心、培根铸魂,营造积极向上的社会氛围。

宣讲的成色之美

宣讲是党的宣传思想工作的重要方法和手段,是教育人民群众,凝聚精神力量,推动工作落实的"金字招牌"。宣讲的成色美不美、好不好,取决于宣讲工作者对先进思想的把握,对发挥政治优势的落实践行,对宣讲艺术的刻苦追求。

长期以来,我们依靠宣讲,打通了"最后一公里",把党的创新理论、方针政策送到了"寻常百姓家",解开了人民群众关注的焦点难点、顾虑疑惑等问题,彰显了制度优势,弘扬了正能量，提升了精气神，培育锻造了宣讲战线强大的生力军，宣讲工作出现了异彩纷呈的生动局面。但是不容否认，宣讲在实践中也存在一些问题，主要表现在：宣讲主题设置不精准，宣讲人员选配不科学，分众互动效果不明显，督查考核工作难落实。一些部门，一些地方，面对宣讲任务，不是首先学懂弄通做实，而是仓促上阵，生搬硬套；不是结合本地本部门实际，细化宣讲内容，往瓶子里装新酒，而是囫囵吞枣；不是精选出对宣讲工作"有一手""倒得出""火性高"的骨干，而是胡乱拉人，应付了事；不是看成党委政府凝聚民心、取信于民、为民服务的"硬实招"，而是当作可有可无的"软任务""虚功夫"。凡此种种，都严重影响、削弱了宣讲的实际成效。

如何使宣讲真正成为党委政府"离不开"、人民群众"信得过"、社会需求"不过时"、宣讲生命"永不息"、思想工作"传家宝"，关键在于提高宣讲的成色,让它富有满满的"含金量"。

怎样让宣讲具有成色之美?首要的是主题鲜明,彰显时代性、人民性,也就是要"上接天线"。这个"天线"当然是党的创新理论正确主张,是我们的制度优势,是中华民族优秀的传统文化,是伟大的民族精神和建党精神。因此,宣讲的基本点就是为人民群众鼓与呼,为时代歌颂,为真理呐喊。在接好"天线"的同时,充分下接"地气"。这个"地气"就是关注城乡间里现实生活、人民群众忧思愁盼、社会热点难点问题、道德公序良俗建设。通过能量饱满的正面教育引导,为全社会营造精神依靠、家国情怀、邻里守望,获得满足氛围,增强对党、对祖国、对人民、对事业、对未来的深情厚望,培养全民族既有仰望天空的高尚品格,又有俯瞰大地的博大胸怀,为人民幸福和民族复兴培深培厚沃土。

宣讲是人的艺术。如何遴选出优秀的宣讲人

才，使这个艺术开花结果？实践中必须做到，广泛网罗宣讲人才，建立人才资源库，并且不间断地分任务、压担子、练场子，随时能拉得出、打得响、有作为。这些库里的人才是宣讲战线的"亲兵""铁杆子""老营盘"，是值得依靠的有生力量；同时要大力选拔基层"草根"宣讲人才。"高手在民间"，他们身处群众中，感知民间情，习得俚俗语，善用教化法。很多人有举重若轻的本事，有化繁为简的能力，不需要隆重的场合，不讲究时间的长短，往往用简单的三言两语，就通俗地说明了一个道理，化解了一场矛盾，他们是群众心目中的"贤人""家人"，应该成为党的宣讲工作的可靠力量；还要注意因材施用，对不同类型的宣讲人才要有不同的标准要求，既不能"一把尺子量到底"，也不能"长短粗细捆一堆"，更不能"滥竽充数蹭热度"，按照"举旗帜、聚民心、育新人、兴文化、展形象"的使命任务和分众、分层的要求，对宣讲人才分类指导，分层设置，形成高中低结构合理、应对有效、需求平衡、洋洋大观的宣讲人才队伍。

宣讲的方法问题也至关重要。一场宣讲，群众爱不爱听，能不能坐得住，是不是和你同喜同乐，关键要看有没有"新道道""把人矙住"。概括起来说，就是要做好"五要"。语言要生动有力、"土洋结合"，表述"大道理"的时候要"洋"，不能自搞一套，阐发"大道理"的时候要"土"，要契合受众的交流习惯；要知己知彼，做好事前，先摸清楚听众是谁，他们的兴趣点在哪，要把感兴趣的话题讲给感兴趣的人去听，这样才能事半功倍；要有控场能力，有些宣讲可能因为准备不足或者预料不到，有这样那样的"失场子""盲点"，要有心理预期，出状况时沉着冷静，善于藏拙，自我救场，波澜不惊；要与受众互动，宣讲者放下身段，平等交流，运用眼神、手势、身体语言等，增强代入感，也可以灵活设置一些问题让观众思考,大家共同寻找答案,达到教学相长的目的;要娴熟运用新媒体、新技术、新材料,发挥它们在展示内容、形象物态、生动概念、阐发原理方面的独特作用,同时综合运用传统的文艺文化表达方式,共同助力宣讲,使其真正放射经久不衰的金子般的光芒。

当传统遇到现代

传统文化是一个国家和民族传承发展的精神家园。随着社会的发展,当传统重新来到现代的门口时,我们是伸开双手迎接它,还是摇动双手排斥它,已经成为一个需要正面回答的问题。

近年来,传统文化在很多领域出现了回暖的现象,有的甚至成为"热点"和"网红"。究其原因,除了传统文化本身具有的深刻内涵外,现代社会的理性选择,极具张力的现代生活,需要借助传统文化形式来自由畅快地表达,以期获得社会共同价值认可,也是重要的方面。找到传统文化与现代生活的连接点,使这种表达更具形象性,更富有现代意义,成为独特的"符号"和"标识",则需要不断地探索、研究和创新。

传统遇到现代,学术界、实业界创造树立了一些成功的融合范例,为推动文化的发展繁荣提供了可贵的参照。同时,一些现实问题困难的凸现提醒我们,传统文化的当代运用绝不是一蹴而就的短期行为,需要整个社会的担当作为,共同创造出薪火相传的生动局面来。

让传统在现代中活得蓬勃,活出风采,必须要选择适当的气候,提供充足的养分,创造良好的环境,准备肥沃的土壤。

扎好传统文化的现代之根。根植于中华大地的传统文化,是先人们在生产实践中总结出来的文化精华,因此,立足时代,反映生活,是传统文化和现代生活连接活化的基础。我们从来不缺少传统,而是缺少把传统带入现代生活的创意。通过崭新的创意,让传统的面孔不再呆板抽象,变得鲜活水灵起来，把"创造性转化与创新性发展"变成现实。最近，一套甲骨文手机表情包成为斗图圈的"新宠"，独特的传统文化符号竟与"神马、大神、有木有"等网络热词产生了一系列神奇的"化学反应"。用"甲骨文表情包"解读甲骨文，将古老而厚重的文化记忆"复制"到现代生活中，丰富了人们的文化消费选择。

光大传统文化的精工精神。忠职敬业、极致求精、专注持恒是"工匠精神"的基本内涵，是中华民族的特质与禀赋。早在春秋时期，孔子就在"樊迟问仁"这一著名的答辩中强调了"执事敬""事思敬"，阐述了严肃认真、专心致志的行事、临事要旨。戴圣在《礼记·学记》中把"敬业乐群"作为对学子的重要考评依据。传统典籍《诗经》，把石匠对玉石的打磨形象地描述为"如切如磋""如琢如磨"。朱熹注解《论语》时提到"治之已精，而益求其精也"。这些都体现出了古人精益求精的精神追求，这种秉性气质早已融入中华民族涓流不息的文化血脉，成为一种文化自觉。正因为有了这份自觉，中华民族才能够做到坚定、自信、专注、求精，不断创造出一个又一个文明奇迹，而这种秉性气质也是现代生活不可或缺的精神内核。

创新传统文化的传承方式。文化的主体首先是人，人的存在和活动决定了文化的传播和影响力，传承传统文化关键在人。必须以人为本，所谓大师在则文化在，大师谢世则"人亡艺绝"。也要注意到传统文化的创意性质，遵循规律，创新管理模式，培育市场主体，发挥文化"龙头""老字号"的骨干作用。倡导生命力旺盛的现代企业结对帮扶，传授现代市场理念，开发古老技艺的现代版产品。优化营销方式，建立保护和发扬机制，增强社会参与度和吸引力，使其长盛不衰。

丰富传统文化的艺术诠释。提倡"旧瓶装新酒"，在提高"酒质""酒韵""酒品"上下功夫。借助"云端"等方式方法，加大数字化表现形态，丰富数字化内容，探索传统文化产业数字化发展新路。注重"沉浸式"体验，扩大"围观"效应，依托虚拟现实、增强现实、全息投影、智能交互等技术，积极适应沉浸式数字消费新场景流行趋势，为消费者提供更强的交互感、场景感、代入感，为传统文化的复兴增强新动能。传统文化是先人们的生活历史记录，和人类同生共长，积聚了厚重的底蕴和可歌可泣的故事，要讲好这些故事，既要讲好它们的传承故事，也要讲好它们的发展故事，让一代一代人在故事中感受魅力、感受美好，唤起热爱、焕发激情。

良乡无处不熏风

一个优秀的民族首先是文明的民族。中华文明是从乡野开启的,中华文化的象征《诗经》,就记录了文学的产生源自"饥者歌其食,劳者歌其事",是乡野文化的集大成者。因此,文明社会的根基是乡风文明,而乡风文明之地历史上被形象地称为"良乡"。

社会发展到今天,仅仅用"良乡"的概念来诠释乡风文明是远远不够的。就其本质来说,乡风文明目的是推进乡村治理能力和水平的现代化,让农村既充满活力又和谐有序,不断满足广大农民群众日益增长的美好生活需要。

乡风文明的基础是文化建设，文化是思想的根脉，是育人的摇篮。乡风文明说到底是建设现代乡村的动力源泉，它唤起和调动了农民群众的主体意识，"唤起工农千百万，同心干"，共同绘就美好农村时代画卷。乡风文明建设的过程实际是教化引导过程，用优秀的文化、良好的风气濡染培育民风民气，化风成俗，蔚为大观。

抓好教化就是抓住了主线。推进先进思想"飞入寻常百姓家"，让高端理论成为日常见识，艰深思想成为通俗道理，用这些见识和道理来教育引导老百姓，使其成为党和政府主张的积极拥护者、执行者，把乡风文明建设当成"自家事""分内事""心头事"。农村党员、致富能手、乡贤是骨干，他们的作用发挥好了，容易收获"头雁效应"。努力打造好"新时代文明实践中心"这块金字招牌，丰富活动内容，活泼活动形式，做足文明文章，开展送理论上门、送志愿服务上门、送文化活动上门，培育"草根宣讲员"队伍，为人民群众提供全方位接"天线"、接"地气"的理论政策文化志愿服务。

强化"道德宣讲团"等固本工程，培育共同的价值观。弘扬爱党爱国、向上向善，孝老爱亲、重义守信，勤俭持家、新婚新育道德新风尚，让良好道德观上升为家庭、学校、社会共同价值观，沉淀为公民特质。归纳整理模范先进事迹，用嘉言善行垂范乡里、影响群众。运用媒体弘扬正能量，提振精气神，形成热气场，稳固基本盘，大视域、高标准、严要求、强对标，引导人们养成讲文明、讲卫生、讲科学的健康生活方式。

打好产业兴旺这个仗。一方面坚决守住脱贫攻坚成果，协同推进乡村振兴有效衔接；另一方面提高农业效能，以产业兴带来农民富，立足特色资源，坚持科技兴农，发展乡村旅游、休闲农业等新产业新业态，让农民更多分享产业增值收益。加快壮大村级集体经济，持续推进一、二、三产业融合，打造"精深特"名品和种、养、加综合高效农业，把生态优势转化为发展优势。发展村级合作社，党组织政治引领、合作社抱团发展、群众能动作用有效融合，实现"党组织有作为、党员起作用、群众得实惠、集体增收入"。推进城乡基本公共服务均等化，注重普惠性、兜底性、基础性民生建设，接续推进农村人居环境整治，把农村建设得更像农村。

发动群众广泛参与。集聚乡贤和"土专家"的才智，制定通俗易懂、正气充盈的"村规民约"，让群众自己规范自己；建立健全红白理事会、村民议事会、道德评议会、禁毒禁赌会等，让群众自己管理自己。推选表彰"中国好人""安徽好人""合肥好人"等"道德典范"，凝聚乡风文明建设的广泛力量。

大力弘扬传统文化。保护和发展民间文化，传承独特的风格样式，不断赋予时代内涵、丰富表现形式；发挥好乡土文化的物质载体作用。保护好历史遗存，防止乱拆乱建，割断文化血脉，尊重和保持原生态。利用传统节日，开展辞旧迎新、慎终追远，家国情怀、美好祝福等丰富的爱国主义民俗文化活动，赋予节日丰富的人文情怀；文旅结合、农商结合、古今结合，开展特色技艺传承活动，搞好文创产品的设计、生产、包装，利用电商平台，把地域文化"行销"出去。

包公精神留芳香

千百年来,浩如繁星般的历史人物,或高风仰千古,文章垂天地,或功绩动寰宇,道德泽万年,照亮了历史的天空。而刚正清廉、忠君爱民的"包公精神",跨越时空界限,具有广泛深刻的当代价值。

我们党风雨百年,执政七十多年。为什么能够党兴政旺?关键就在于锤炼出了一支对党忠诚、纯洁可靠的干部队伍。

毛泽东同志曾经说过:政治路线确定以后,干部是决定的因素。习近平总书记强调:对党忠诚,是共产党人首要的政治品质;我们党一路走来,经历了无数艰险磨难,但任何困难都没有压垮我们,任何敌人都没有打倒我们,靠的就是千千万万党员的忠诚。历史上的包拯"公幼则挺然若成人,不为戏狎,长弥勖厉操守",既是"清心为治本,直道是身谋"的典范,也是"知事君行己之方,有竭忠死义之分"的忠信之臣。

对党员干部来说,首先要以党史上涌现的革命先烈为榜样,立鸿鹄志,做顶天立地人。坚定对马克思主义的信仰,对中国特色社会主义的信念,对实现中华民族伟大复兴中国梦的信心。把有限的"小我"放到无限地为人民服务这个"大我"中去。只有这样,才能做到对党忠诚、意志坚贞、襟怀坦白、光明磊落。

在江西省兴国县,至今流传着这样一首山歌:"苏区干部好作风,自带干粮去办公。日穿草鞋干革命,夜走山路打灯笼。"歌曲中的主人公刘启耀,是江西省苏维埃主席。中央红军长征后，他一边乞讨，一边寻找党组织。谁也不会想到，从1935年到1937年，瘦骨嶙峋、疾病缠身的刘启耀竟然一直背着金条乞讨，大家对他保存党的经费的传奇经历无不由衷地敬佩！"背着金条乞讨"，我们党正是靠着广大党员这种无私无畏的忠诚，才战胜了一切艰难困苦，意志不垮，队伍不散。

我们党长期深受人民的拥戴，根本就是始终把一切为了人民，一切依靠人民，高高扛在肩上、紧紧揣在怀中、努力践行在足下。

习近平总书记指出，每一个共产党员，不论职务高不高，都是人民的勤务员。毛泽东思想为什么会成为我们战无不胜的指导思想？因为它的核心是全心全意为人民服务。习近平新时代中国特色社会主义思想为什么会成为当代马克思主义、21世纪的马克思主义？因为它的发展理念就是以人民为中心。人民就是江山，江山就是人民，我们打江山、守江山，守的就是人民的心。

如果说中国共产党执政有秘诀,这个秘诀就是党的意志和人民意志的高度一致,党除了人民的利益,没有自己的特殊利益。历史上的包拯体恤民情,以民为本,民间传颂的包公陈州放粮的故事,就是他轻徭薄赋、敢于为民请命的最好佐证。

党员干部就是要学习先烈们"牺牲我一个,幸福天下人"的革命情怀,继承他们挽狂澜于既倒,救生民于水火的革命气概。不忘国之大者,牢记初心使命,践行根本宗旨,始终把人民群众安危冷暖放在心上,始终与人民群众甘苦与共、忧乐与共,始终把解决人民群众的问题困难,为人民办实事办好事放在首位。只有这样,我们才能做到公而忘私、造福人民,甘当为民服务孺子牛、创新发展拓荒牛、艰苦奋斗老黄牛。

1926年秋天,受中共温州独立支部指派,林去病来到乐清筹建党组织,他的公开身份是翁垟盐场的司秤员。到任后,林去病严词拒绝了盐商的贿赂,彻底扫除了克扣陋习,深受盐民们信任,成了大伙儿的贴心人。后来他又被派往别的地方去创建党组织,大家挥泪送别,并赠送对联一副:虎暴狼贪,眼底尽庸庸官吏;冰清玉洁,海边有小小司员。林去病用手中的秤,称出了公平正义、光明希望。老百姓心中同样有杆秤,称出的是谁对自己"亲",谁对自己"轻","亲"与"轻"之间就是人心向背、历史选择。

我们党为什么历经劫难而不垮,千锤百炼而朝气蓬勃?根源就在于牢记打铁必须自身硬,时刻刀刃向内,保持了自我革命的精神。

习近平总书记谆谆告诫全党:党面临的"赶考"远未结束,所有领导干部和全体党员要继续把人民对我们党的"考试",把我们党正在经受和将要经受各种考验的"考试"考好,努力交出优异的答卷。广大党员干部要把习近平总书记的要求内化于心、外化于行。要一身正气、两袖清风,做廉洁自律的模范;要大公无私、公而忘私，做党性修养的模范；要崇德尚俭、正心修身，做优良家风的模范。历史上的包拯有"凛然不可夺之志"，"心不动于微利之诱，目不炫于五色之惑"，他留下的三十七字家训更是树一代孝肃家风典范。家风连着政风，家风坏则政风腐。党员干部要始终厘清亲情与权力的边界，看紧"廉洁门"，把好"人情关"，防止"枕边风"，管好"身边人"。

革命先辈李坚真，无论是早年参加革命还是后来身居高位，始终信仰坚定、克己奉公。弟弟在老家盖房子，她坚持这样的钱出不得，因为自己的钱也是党和国家的；侄子央求她安排工作，她坚持这样的字签不得，因为共产党不是世袭，这样的口不能开，更不能签字；当得知地方民政部门拨出救灾专款为她修缮旧居时，她坚持这样的"好意"领不得，因为随便动用了救灾款，就是违背了党的铁的纪律。"出不得""签不得""领不得"，是一代又一代共产党人不懈坚守、职责担当的真实写照,是党史百年干部好作风好传统的生动传扬。每一个党员干部必须常怀忧党之心、为党之责、强党之志,清白干净,勉为模范。

文化的生态含量

文化是民族传承的根本,她是棵参天大树。特色文化是地域文化中的灿烂篇章,犹如大树上随风舞动的片片新绿,而其中一片摇曳生姿的新绿就是巢湖特色文化——生态文化。

翻开巢湖的历史,是一部生态文化文明史。巢湖自古临江襟湖,优良的生态环境滋润、孕育了不朽的人类文明:早在三四十万年前,"和县猿人""银山智人"就繁衍生息于此;凌家滩古人类创造了卓越的玉石文化,展现了人类文明的曙光,凌家滩遗址是中华民族发祥地之一。此外，传说中古居巢国的建立、星罗棋布的秦汉文化的产生……这些都说明古时的巢湖大地是气候温润、土地膏腴、物产丰富、生态良好的美丽家园。

良好的栖息环境为先民们的生存发展创造、提供了必要条件。及至现当代，富有特色的农耕文化不仅创造了具有巢湖特色的鱼米之乡文明，而且巢湖人还建成了中国最大的绿色食品生产基地、长江中下游最大的蔬菜生产基地、安徽最大的物种水产养殖基地；与此同时，创造了大量的以歌颂自然、歌颂生活为主题的"巢湖民歌""含弓戏"等田园牧歌式的文化。这些成果无不闪耀着生态文化的光芒。

巢湖素以山、水、岛、泉、洞名天下，巢湖的旅游其实就是对生态文化的解读。无论是三大温泉、四块森林翡翠，抑或是五座龙宫洞府，姥山岛、白牡丹等奇景绝境，无不是天工巧夺、自然界的造化。神游其中，则有目驰神迷、物我两忘、回归自然、羽化登仙的感觉。细观还会发现，巢湖的绝大多数人文景观，诸如龙潭洞猿人遗址等仍以原生态存在着，与自然景观融为一体，相得益彰，这是典型的生态文化。

巢湖的生态文化建设已受到了越来越多人的关注。近年来市委、市政府加大了生态巢湖的建设力度，如巢湖治污、退耕还林、退湖还渔以及环巢湖生态圈、沿长江生态带等生态环境恢复工程，生态农业、生态工业的大力实施推广，保护环境、维护生态平衡的生态观念教育工作，建设"碧水蓝天"生态巢湖的宏图制定，等等，有理由相信，随着这些措施的逐步实施，巢湖的生态文化建设会越来越凸显其特点，其成就也会越来越为世人所瞩目。

修德和养才

"德"和"才"是我们对人才的完美要求，虽然看起来它表现的是一个问题的两个方面，但是在现实社会中却往往表现得并不太统一、协调，少数时候还出现对立、相反的结果，确实值得认真思考。

怎样正确理解"德才兼备"？《现代汉语成语大辞典》对"德才兼备"的解释是：德，品质；才，才能。即既有好的思想品德，又有高超的领导才干和履职能力。翻开中国思想史，在浩如烟海的典籍中，关于德与才的论述俯拾皆是。

春秋初期管仲在《立政》篇中说:"君子所审者三,一曰德不当其位,二曰功不当其禄,三曰能不当其官,此三本者,治乱之原也。"选拔人才,"德、功、才"是三个根本性问题。宋代司马光在《资治通鉴》中写道:"才者,德之资也;德者,才之帅也。"德与才是不能分开的,德靠才来发挥,才靠德来统率。社会进入新时代后,中国革命的领袖人物从革命和建设的实践中,从执政党的经验教训中对德才问题做了大量的、全面而深刻的论述和阐发。毛泽东同志曾经说过:"没有正确的政治观点,就等于没有灵魂。"又说:"政治家要懂业务……不懂实际是假红,是空头政治家。"习近平同志也强调过:"各级党委及组织部门要坚持党管干部原则,坚持正确用人导向,坚持德才兼备、以德为先,努力做到选贤任能、用当其时,知人善任、人尽其才……"很清楚,今天我们所倡导的"德才"就是指:懂得马列主义、毛泽东思想基本原理,具有辩证唯物主义和历史唯物主义的视野，学懂弄通做实习近平新时代中国特色社会主义思想，富有政治远见，忠诚于党，忠诚于人民的事业，全心全意为人民服务，为实现中国梦尽心竭力；大公无私，善于密切联系群众，有独立解决改革开放中各种复杂问题的能力水平；既有现代化的经验、科技知识，又有改革创新精神，与时俱进，能开创新局面。

"德才兼备"作为党选人用人的根本标准，是由我们党的性质地位决定的。党领导人民坚持走中国特色社会主义道路，党的各级干部必须是执行党的路线、方针、政策的模范，必须是全心全意为人民服务的公仆，必须是具有专业知识和专业能力的人才。我们要在建党一百周年、新中国成立一百周年实现全面建成小康社会，实现中国强起来的目标，要完成这一伟大工程，关键在党，关键在为党工作的干部，党只有选拔一大批德才兼备的干部，才能不辱使命。"德才兼备"

又是时代对合格人才的要求。随着社会主义市场经济的发展，对人才的要求也越来越高，既要学养深厚，又会时易世变，既要品质高洁，又会精工要诀，只有知与行兼修、德与才兼备，才能为时代所拥戴。"德才兼备"更是新时期宣传思想工作守正创新的题中应有之义。宣传思想战线是社会主义意识形态的特殊战线，集思想性、政治性、政策性和艺术性于一体，是一门具有自身特点和内在规律的科学，它承担了武装人、引导人、塑造人、鼓舞人的繁重任务。要做好这项工作，宣传思想工作者既要有较高的思想理论素养、坚定的党性原则和较高的政治敏锐性及政策水平，又要熟悉宣传思想工作的特点，掌握宣传工作规律，宣传思想工作者只有不断地提高驾驭工作的能力，才能积极地担当起这副重担。

当好称职的、真正意义上的有德有才的宣传思想工作者，必须做到以下几点：政治坚定，这是宣传思想工作者政治品德的第一要素。讲政治的首要任务是，认真学习贯彻二十大精神和习近平新时代中国特色社会主义思想，融会贯通中国特色社会主义理论体系，增强道路自信、理论自信、制度自信、文化自信，筑牢政治意识、大局意识、核心意识、看齐意识，坚决维护习近平总书记党中央的核心、全党的核心地位，坚决维护党中央权威和集中统一领导，这是当前最大的政治。勤奋敬业，这是宣传思想工作者必备的专业道德，要求别人做到的自己首先要做到，越是改革中遇到的急难险重困难，越要带头作为，要有舍我其谁、"向我开炮"的英雄精神，坚决反对尸位素餐、推诿扯皮、立场模糊、不负责任，提倡敢于亮剑、勇于担当、守土有责、守土尽责，坚持以我们正在推进的伟大事业为重，以初心不改的斗志全面推动宣传思想工作不断强起来，以宏大的实践来号召群众、感奋群众、赢得群众，使我们的事业无往而不胜。廉政勤政，这是宣传思想工作者必备的精神品质，要带头学法懂法，熟悉党的纪律规章，不做"糊涂先生""门外汉"。要切实做到"慎独""慎微""慎初"，苦练金刚不坏之身，成为人民群众放心信赖的"好官"。谦虚谨慎，这是宣传思想工作者必备的个人气质，要好学、好问、好思、好省，要注意在经验、学识、气质等方面向优秀同志学习，见贤思齐，修养身心，超越自我。

"打铁还需自身硬"，宣传思想工作者必须充分涵养理论功底。读原著、悟原理，大力推进习近平新时代中国特色社会主义思想通俗化、大众化，让党的创新理论光芒照遍山乡，"飞入寻常百姓家"。丰富学识造诣，多渠道、广范围、超视野、深层次获取当代最新知识理念、思想文化动态，广泛涉猎政治经济文化艺术等领域，精通一门，熟悉其他，知书而达理，触类而旁通，成为知识"达人"、时代"潮人"。修取能力办法，把一分为二的观点、辩证的观点、对立统一的观点、解放思想与实事求是相统一的观点，这些解决实际问题的灵丹妙药，学到手、用到位，复杂的情况删繁就简，纷乱的矛盾洞若观火，用政治家的标准要求自己，用工匠的精神规范实际行动。

当前，改革的任务千头万绪，发展的呼声一天比一天急迫，要把改革和发展的信心传导给全体人民，宣传思想工作面临许多崭新的课题，需要在实践中去一一解决。宣传思想工作是面向群众的工作，必须因时因势而动，在破中立、在立中破，随时创新方法，练就解决实际问题的"三招两式"。会调查研究，宣传思想工作无小事，风起于青蘋之末，不谋全局者不足以谋一域，每一项重要任务落实实施，要谋划在先，集思广益，丰富思想，提高决策的科学程度。会从实践中寻找答案，中国梦创世纪的宏图大业，为我们提供了施展才华的舞台，为时代擂鼓，为人民歌唱，当领跑者、见证官、掌旗人，宣传思想工作者只有经风雨见世面，强筋健骨，干中学学中干，才能广泛吸纳人类文明成果，为我所用，才能熟练地运用优秀的理论成果指导实践。会立德树人，要牢记我们是人民的勤务员，是时代的书写官，要始终站在道德高地，以德化人，明大德、守公德、严私德，团结带领大家把心思凝聚到事业上，把精神集中到办实事上，把本领用到发展上，把功夫下到抓落实上，只有这样才能真正勠力同心做好党的宣传思想工作，才会具有德才兼备的秉性素质。

把文化种进乡土里

乡村在现代化发展中不能丢了固有的优秀文化,这是乡村之为乡村、故土之为故土的根脉所在,是乡土中国的魂魄。乡村是孕育和传承中华优秀传统文化的沃土,要想乡村振兴必先文化振兴,乡土文化建设具有培根铸魂的重要基础性作用。

乡土文化起源于农业社会,其本质是农业文化。乡土文化是以本土农民为主体,体现农村精神信仰、交往方式等内容的具有独特个性的传统文化形态。乡土文化涵盖了农村语言习俗,生存观、价值观和社会形态等内容,是在特定历史条件下发端、流行并长期积淀,带有浓郁地域色彩的文化,是农村物质文明、精神文明以及生态文明的总和。对乡土文化的尊重与保护发展,是基于人类的文化自觉,是浸润到骨子里的亲情,是发自内心的文化认同。顺应乡土文化的感召,在新时代和美乡村建设中守护好我们的精神家园、文化根脉,保存好传统文化基因,留住"乡愁",看见"美好",重振乡村文化精神,增强农民群众的历史文化自豪感,从而热爱家乡、建设家乡,凝心聚力提升乡村"软实力",是乡土文化建设的精神涵养和目标指向。

新时代我们在丰富乡村的空间形态、展示乡村生产方式、凸显乡村地域生活特色方面有了一些实践成就。但乡土文化建设动能不足,物质建设"身体狂奔"与精神建设"灵魂艰难跋涉"现象仍然表现突出,历史文化与现代生活的连接点仍处于艰苦寻找中,这些因素制约了乡土文化的影响力、传播力，弱化了文化的孕育教化功能，更使得乡村振兴"内核"缺失，丧失了完整准确的全面含义。必须紧紧抓住这些突出的问题，谋篇布局，精准发力，既要塑形，也要铸魂，在创造性转化和创新性发展上下功夫，以此来激活乡土文化蕴藏的不竭生命力。

强化农村乡土文化的主体地位。注重对实用型人才的培养，发挥乡村党员与青年人的作用。乡村党员是乡村文化振兴的"领头雁"，是凝聚乡村发展共识的核心力量。青年人受教育程度较高，知识面广，创新能力强，是乡土文化振兴的生力军。注重提升村民文化思想觉悟，和爱文化、讲文化、传播文化、尊崇文化的自觉意识。对于掌握一定传统技艺的人才，要提供条件，让他们有展示的平台、发展的空间、创造的动力、成名的荣光，使这些弄潮的源头活水充分流动起来，浪花飞溅起来，色彩绚烂起来。

夯实农村乡土文化发展的物质基础。鼓励社

会资本和民间力量参与乡土文化建设,整合文化资源市场要素,实现投资主体多元化。源流并举,兼收并蓄,充分蓄积乡土文化发展的"养分",培深培厚成长的肥田沃土、强身健体的"阳光雨露",提供源源不断的发展后劲,营造长成参天大树的物理空间。注重开发特色乡土文化资源,塑造特色乡土文化品牌,努力打造一枝独秀、清香四溢的文化奇葩。

构建农村乡土文化的现代传播体系。在现代传播语境下,酒香也怕巷子深。乡土文化传播要立足当代生活,融入现代因素。如今,手机成为"新农具",直播带货成为"新农活","新农人"通过新媒体平台展示乡村的文化习俗等,农民写村志,办乡村春晚、"村BA"等,利用新媒体平台传播和数字技术,采集、记录、储存乡村文化资源,建设具有特色的数字化乡村文化馆、乡愁馆、乡贤馆、技艺馆、谱牒馆等,挖掘优秀的乡村文化资源,创新文化现代表达方式,增强文化的感召力。

优化乡土文化发展的体制机制。牢固树立党管文化的意识，积极探索理顺乡土文化保护管理机制，激发政府、市场、社会等多方主体活力，凝聚广泛共识，倡导建设乡土文化人人有责、人人受益的良好社会风气。通过出台文化政策、建章立制来规划、落实、保障乡土文化健康繁荣发展。通过广泛宣传教育，营造浓厚的乡土文化建设氛围，帮助农民群众树立传承弘扬乡土文化的信心，增强文化自我觉醒、自我利用、自我崇拜意识。整合农村乡土文化资源优势，统筹城乡融合发展，归集梳理，摸清家底，去粗取精，去伪存真，将社会主义先进文化、红色革命文化及中华优秀传统文化融入乡土文化之中，实现乡土文化的大发展、大繁荣。

让方法论走进生活

大千世界的存在与发展,无不包含一个"方法论"的问题,方法论是我们观察、衡量、辨识事物的重要法则。

观察春、夏、秋、冬四季交替运行,风、雨、雷、电天气变化状态,我们就能把握自然环境的一般变化规律;考证人类社会矛盾的此消彼长、基因的优胜劣汰,我们就足以洞察人类社会自身的演变进化规律、历史衍生状态。在这里,观察与洞察作为发现规律的手段与方法,起到了"敲门砖"与"解锁码"的作用,它是我们认识世界、解决问题的具体方法，是在方法论的指导下的具体社会实践。方法论之于方法，好比人的生命成长进程，是由童年、少年、青年、中年和老年五部分组成的，这是人类社会生命成长的一般规律，而童年、少年、青年、中年、老年又是各个生命阶段的外在呈现状态，是具体的阶段性表现；方法之于方法论，犹如我们分析研究童年、少年、青年、中年、老年不同年代生命的不同特征，相应给予不同的生理与心理的教化培育方式——童年启蒙教育、少年信仰理念教育、青年伦理道德教育、中年家庭事业教育、老年健康教育，以此优化生命状态，提高生命健康指数，推动生命高质量发展。因此它们是一个事物的两个方面，相互牵连又相互因应。农夫种稻，讲究的是方法，方法的改良必然带来水稻生长规律的优化提升；矿工采矿，追求的是产量的增加，采矿方式的改变必然带来管理与技术的创新与完善；教师执业，致力的是既教书又育人，一系列新课标新思维的实践运用必然带来对既有教育教学体系规律的推进与改革；商人经营，看重的是效益，随着市场经济法治化进程的加快建设，必然带来对商业领域义利观的重新建树。这些浅显而又深奥的道理，正是方法与方法论在我们寻常生活中直白而简单的表达。由此看来，多学一些方法论，对提高我们工作与生活艺术大有裨益。普天之下，无论是为官立学之辈，还是贩夫走卒之流，概莫能外。

现代科技的广泛运用，给生产生活注入了恒久的活力，推动了社会快速发展，一日千里的社会进程又极大地改变了我们的生活方式，生活方式的日新月异又带来了整个社会利益诉求的异化，利益诉求的多样性又影响和颠覆了传统价值取向，带来了价值意识的重构。这一系列的变化，使得社会常常笼罩着浮泛焦躁的情绪，新的矛盾问题变得异常复杂多样，基本社会问题诸如公平正义、生存发展等越来越成为焦点。而伴随着信息传播的日益迅捷，社会的感知能力也越来越强，越来越考量执政管理者治理社会的能力智慧。如何让良政传达到基层社会神经末梢，让民怨民忧风声雨声回馈到当政者耳中，关键在于方法论。

那么如何让方法论走进大众的生活中呢？回答就是：方法论的科学运用必须与社会现实结合起来，就当下来说，与百姓生活最为密切的社区工作就是方法论的最好用武之地。

随着社会治理方式的创新，社区这一新的载体，在基层治理中扮演着越来越重要的角色。所谓"知屋漏者在宇下，知政失者在草野"，"宇下、草野"的当代语境含义就是社区。万丈高楼平地起，固本培元，说的也是社区。社区工作者担负着重要的职责和使命，充当社会风波"消防栓"与民情民意"止沸剂"的作用，因此，社区工作者理应成为方法论的践行者、受益者。现在我们强调社区工作的重要性，着眼的是它一头牵着黎民百姓这个千家万户,一头牵着政府组织这个千针万线,是政府与群众之间的纽带。但它又有别于一般的纽带关系,一方面它的自治性特征体现了社会属性,另一方面政府的治理功能又赋予它政治属性。这种特殊的属性,决定了方法论应用的特殊意义和价值。

因此,我们不妨做如下探讨。

我们党在长期的实践中形成了一套成熟的方法论,作为成果之一的思想政治工作是这方面的突出例证,成为我们的政治优势和传家宝。无论是战争年代、和平建设时期、改革开放新时代,它始终遵循的是在实践的基础上寻找一般规律,在一般规律的指导下改进工作实践,一切来自人民群众的实践创造,一切为了人民群众的实践创造,因此它是科学的、进步的、有益的方法论。这种方法论指导下的社会实践,充满着辩证的思维和新生的活力,成为挈领人类发展的风向标。同样的道理,在现代社区治理中,思想政治工作的作用始终不可小觑，仍然具有强大的生命力。社区的多重属性决定了它的治理方式的多维立体性特征，保持和发挥思想政治工作在社区的强大生命力，必须针对社区的这些特征，找到符合现代社区治理的思想政治工作一般规律，使其适销对路，雨润花开，创造出思想政治工作正确方法的新样板新格局。

思想政治工作的核心是促进事业的发展，增强人民的福祉。思想政治工作要始终把对人民的许诺与对人民的实践一致起来，着眼于多维立体的社会现实，秉持培养人、造就人、激发人、成就人的基本定位，方法上要善于化用网络思维来指导实际。发达的信息网络让社会趋向扁平化，网格化已经成为现代社区管理的主要模式，每一个节点都使社会事务和管理对象变得有迹可循。思想政治工作理应循迹追踪，亦步亦趋地织就横向到边、竖向到底的网络，充分感知社区各个毛细血管的律动，把问题和矛盾消弭在青萍之末。

实际操作中要致力建设为民办事的向度，作为自治组织，社区开门几件事，都是为老百姓排忧解难，是群众可托付的精神家园。思想政治工作要营造干事情的氛围，形成干好事的气候，开创干成事的局面，夯实民意基础，提高公信力和凝聚力，在政声人去后，民意闲谈中彰显制度的优越和执政的伟力，创造和谐共进、美美与共的幸福生活。注重增强主体客体的融合深度，作为主体的思想政治工作者，要主动融入人民群众中去，成为事务的参与者、决策者、经历者，冷暖与共，甘苦共尝；作为客体的社区居民要树立家园意识，家国情怀，放大主人翁责任感，濡染中华民族传统美德，做优秀出色的公民。只有这样，主体客体才能做到利益同向，心性同指，思想政治工作就会事半功倍。

社区工作虽然头绪繁多，只要掌握了方法论，正确运用好思想政治工作这个法宝，就会繁而不乱，井井有条。同样的道理，在百年未有之大变局中，只要拿起方法论这个武器，不断创造、总结、运用新方法，就会时时立于主动，任何困难和问题都会迎刃而解。从这一点上也可以说，方法论造就了斑斓的社会生活，而斑斓的社会生活正是方法论这棵生命之树长青的源头活水。

后记

风景不会老去

我的家乡地处长江岸边的丘陵地带，那里的地势往东往北是起伏的大山和绵延的丛岭，山岭上长年生长着茂密的树木藤蔓和种类繁多的野果菌类，当然也经常出没豺狼、野猪、狐狸、野兔之类的各色动物。往西往南则是坡度较缓的大片农田和岗地，那里栽种着水稻、小麦、油菜、花生、玉米和黄豆，当然也有溪流、河水、池塘和院坝，更多的则是炊烟相望，鸡犬相闻的一处处村庄。那些原始而亲切的竹篱茅舍，是我和亲人、伙伴们从小生长的家园。春天里一树一树的花开，像一张一张的笑脸在绽放，尤其是村头的几株海棠树，花开起来宛若爆燃的火焰，那么心无旁骛，那么没心没肺，仿佛要把整个春天的花事都浓缩在一瞬间似的。经过整个夏天的酝酿，田地里的庄稼一个劲儿地拔节生长，像临盆的孕妇开始露出丰稔的模样。桃子、李子、杏子、樱桃、苹果、梨子、葡萄，红的、黄的、绿的、紫的，挤挤挨挨挂满了枝头。冬瓜、南瓜、西瓜、丝瓜、葫芦、黄瓜，或长、或短、或卧、或立，热热闹闹地在田野山岗间不分昼夜地疯长着。彤云飞过，秋天到来，乡亲们迎来了沉甸甸的收获季节，天地间荡漾着五谷成熟的甜香。河湖塘堰涌动着一群群肥美的鱼虾，鹅鸭在水面上欢腾嬉戏，时而临水飞翔的姿态总是让人着迷。膘肥体壮的牛羊毛色泛着油润的柔光，器宇轩昂地打眼前走过。一拨一拨的儿童放学归来，乘着东风放飞纸鸢，谷场上洒下他们一串串银铃般的笑声。

一身红羽的雄鸡在桑树上傲娇地打鸣,那如音乐般悠长的声音,合着深巷里狗的轻吠,把山村的日月晕染成了如歌的行板。天蓝得跟湖水漫过去似的,远山近岭斑斓明净,如同水墨丹青,农家小院里鼓荡着喜庆丰收的阵阵酒香和欢聚的喧哗声。风扬起门前悬挂的"福"字彩贴,山村开始沉醉,而田野上的菊花也耐不住性子开始烂漫。一面坡一面坡盛开的菊花,把山水都染成了金色,也把家乡人民的幸福生活氤氲成了金色的年华。

  从少小离家到老大归来,家乡的这些风景总是这样清晰地镌刻在我的脑海里,即便是山水相隔身在远方,那一份乡情乡愿也比山高比水长。犹记得埋着我胞衣的老屋小院,与我同龄的榆树早已蓊蓊郁郁地越过屋脊,那口老井的水还是那么清澈且回味甘甜,燕子年年春天还在梁上筑巢,墙角的草虫和蟋蟀总是鸣声清脆,似乎正和院落里的喜鹊、杜鹃热烈地交谈,篱笆上开满了黄色和白色的金银花，蝴蝶、蜻蜓流连在花前，怎么也舍不得离去。这老屋和这些风景，与家乡的山水一起，注定成为心灵的皈依和寄托。这份情感归宿，像窖藏的烈酒，时间越久，香味越发绵长，日子越深，酒味愈觉醇厚。更多的时刻，它像一面小鼓在我的胸腔上猛烈地敲击，又像一头小鹿在心头不停地冲撞，激奋着我要把对家乡的浓情厚谊倾诉出来，使我常常有了恋爱中男女的感觉，那种深沉的爱意在幸福的眩晕里，不自觉地喃喃细语。这些忘情呓语，历经岁月的蒸腾和冷凝，"景物自成诗"般地形成了吟咏和欢唱的文字，唯有这些文字才是风景最好的注脚和表达。

虽然这些文字还算不上华美隽永，但它记录了一个少年在生他养他的故土上行走歌哭，为花开而动情，为鸟鸣而惊心，袒露出少年宛如撩人的月色一般清澈的情愫；它也记录了一个游子扛起行囊，离开家乡，行走江湖的足迹，以及经历漫长的人生逆旅后对故园的深情回眸；更是记录了一个回乡客人，面对容颜已改的家乡，在错愕的惊喜中，对生活、事业、人生的重新审视和复杂思考。这些记录虽然不足以全面表达家乡厚重的历史与文化，也不足以说明家乡父老创造的辉煌业绩和不朽篇章，但他用一颗赤子之心，抒发了镌刻在心底的对熟悉的美丽风景的赞誉与褒奖，这是唯一让人感到欣慰和弥足珍贵的地方。这些尺幅短章，如同牧童的信口柳笛，如同春日的潇潇夜雨，如同冬日的浅浅暖阳，如同倦旅中的一声问候，时刻愉悦着、滋润着、温暖着、慰藉着远离家乡的行者，让他们解开重轭，放下重负，无比欢欣地迎接生活的曙光。于我而言，仅从这一点就足以激奋起我对家乡持续的吟咏歌唱，这种使命感让我的生命有了优美的旋律和不绝的余韵。

　　风景永远不会老去，因为这是发自心底的爱，是对家乡岁月的欢歌！

非常感谢安徽省作家协会洪放副主席为《海棠春深》作序，作为著名作家，洪放主席的文字让我感到深刻的自省和莫大的鞭策。感谢安徽文艺出版社的副编审周丽女士，她为此书的出版耗费了很大精力。感谢关心和爱护我的朋友们、师长们，你们的热心加持，是我在散文写作这条羊肠小道上勇毅前行最温暖最生动的力量！是为记。

2024年1月18日于陋室